IAGO DE LA CAMPA

SE ME OLVIDÓ CÓMO OLVIDARTE

Primera edición: octubre de 2017

Printed in Spain – Impreso en España

ISBN: 978-84-204-8679-6
Depósito legal: B-17.050-2017

Impreso en Limpergraf
Barberà del Vallès (Barcelona)

AL 8 6 7 9 6

Penguin
Random House
Grupo Editorial

IAGO DE LA CAMPA

SE ME OLVIDÓ CÓMO OLVIDARTE

BLACK Birds

CAPÍTULO 1

CASI NUNCA SÉ CÓMO RECOGER UNA VIDA, qué hacer para guardar los detalles y que no se me olviden; para tenerlos siempre dentro, siempre presentes, que no sean pasado. Pero me dicen que hay que dejar algunas cosas atrás, hacer sitio para vivir las nuevas, y ahora no sé qué dejar atrás que no sea mejor de lo que pueda venir más adelante.

Son las diez de la mañana. Estoy a medio vestir, como siempre, con la casa hecha un desastre, casi tanto como yo, y está sonando *Páginas tuyas*, de Fabián.

Se me cuela dentro un poco del estribillo ese de «Tengo que decirte que eres alguien especial, a veces». Me está sabiendo a la ginebra de ayer esta canción, a las despedidas que me cuestan tanto que ni siquiera las llevo a cabo.

No sé lo que me pasa, pero siempre que tengo que decir algo, me lo callo. Se me da tan mal encontrar los momentos... Y luego, como ahora, me arrepiento.

Siempre me arrepiento cuando me tengo que ir; cuando se me acaban las oportunidades espero esa última, regalada. Pero no, ni llega ni debería llegar.

Digo desde ya que no sé hacer maletas, que siempre que las voy a cerrar se me queda algo fuera, que tenerlo todo por ahí tirado y estar pendiente de meter esto o lo otro se me da fatal.

Y aun así, tengo como tres horas para recogerlo todo, para alejarme de este año, de esta ciudad que parecía que nunca me iba a querer en ella y de la que ahora no me quiero ir yo.

Me toca la bofetada del cambio de vivir solo a volver con mis padres, por lo menos durante parte del verano. Cambiar la libertad y la responsabilidad del ser independiente, del solo pensar en mí, por la libertad sesgada y la responsabilidad que solo tengo que tener en mis actos allí.

Me da vértigo pensar ahora cómo ha cambiado mi vida desde que llegué hace ya diez meses. Tenía mi novia, mis amigos, mi familia, pero a veces sientes como que tienes que moverte, que aunque sea mucho lo que tienes, te falta algo: buscar que tu vida deje de ser siempre la misma rutina y lanzarte, conocer cosas nuevas e ir a por todas.

CAPÍTULO 1

Y así fue. Cuando me enteré de que podía pedir el traslado de ciudad por un curso en la universidad, fui de cabeza a ello. Con las consiguientes broncas con mi pareja y con los recelos de mi familia.

A veces pienso que la gente que más nos quiere muchas veces es la que nos echa atrás a la hora de hacer lo que queremos. Me explico: yo necesitaba un cambio porque me estaba estancando un poco. Llevaba muchos años siendo el mismo, o sea, como que llega un punto en que la madurez se para cuando no te está pasando nada. Como que necesitas que te pasen cosas para crecer, para saber afrontar los retos nuevos, e incluso para no aburrirte. Y ahí, cuando te decides a hacerlo, a moverte, los que te quieren no quieren que te vayas. Por miedo. Sobre todo a que no vuelvas. A que lo que puedas encontrar sea mejor que lo que te estaban ofreciendo. Y creo que no es así como hay que sentirse. Creo que cuando quieres bien a alguien lo animas con todo a que sea como quiera ser, a que busque lo que necesite para ser feliz. Y tú puedes estar en ese camino, compartirlo. Pero hay quien prefiere intentar impedirlo y poner piedras para que no lo seas. Y a mí me paso un poco eso con Sofía.

Desde que le dije en invierno que me iba, como que ya había puesto un punto final para ella. Y para mí no. Todo lo contrario. Yo iba a volver, ella podía venir; cuando se hace por querer estar y por quererse ver, creo que no hay problema en que suceda. Pero no sé, no era lo mismo.

Nos pasamos de enero a septiembre, antes de que me fuera, con las tonterías de las discusiones de que no iba a durar, de que teníamos fecha de caducidad, de que la iba a dejar, de que la iba a dejar, de que la iba a dejar....

Pasa que a veces no tienes ninguna idea sobre ello en la cabeza y te la meten dentro. Te la repiten, dejan que germine y la cuidan. Sí, a veces, lo malo también lo cuidan para que vaya a peor.

Me acuerdo de una conversación que tuvimos en su casa...

—¿Qué vamos a hacer cuando te vayas? —dijo mirándome a los ojos.

—¿Cómo que qué vamos a hacer? Nada, lo mismo. Yo vendré en vacaciones y en algún festivo que pueda, y tú puedes venir siempre que quieras. Sabes que voy a ir a un piso, y que no vas a tener problemas para estar allí. —Iba a tener espacio de sobra para los dos, para cuando quisiera venir.

—Pero no va a ser lo mismo. Tú vas a conocer gente nueva y yo voy a estar aquí. A cientos de kilómetros no es lo mismo estar juntos todos los días que vernos una vez al mes o una vez cada dos meses. No sé si me va a llegar —me contestó mientras se le oscurecía el rostro.

CAPÍTULO 1

—Pero, joder, da igual que conozca a quien conozca; si yo sé que quiero estar contigo, no tiene por qué haber ningún problema. —Yo estaba hablando seguro, en serio, creía de verdad en ello.

—No va a ser lo mismo… —A Sofía siempre le pasaba lo mismo: cuando se le metía una idea en la cabeza, no podía parar de sacarla una y otra vez.

—Que no sea lo mismo no significa que vaya a ser peor; significa que va a ser diferente, que igual tenemos días mejores o peores, pero que al final del día vamos a estar ahí pase lo que pase. —Soy de los que piensan que cuando quieres a alguien y esa persona te necesita, vas a estar ahí, y da igual la distancia o el tiempo. Sea la hora que sea, incluso, estarás para esa persona.

—Vale, pero prométeme que vamos a seguir cuidándonos y que antes de hacernos daño cortaremos con todo. —Me lo dijo muy seria, mirándome a los ojos con esa cara de «no sé si vamos a poder, pero que sea mientras se quiera».

—Prometido: solo cuidarnos y estar ahí, y OJALÁ NO TENGAMOS NUNCA QUE PREVENIRNOS DEL HACERNOS DAÑO.
—Y me acurruqué contra su jersey.

Puedo decir hoy que algo cumplimos de lo que dijimos. No todo, pero algo. Por lo menos cortamos antes de hacernos daños. Por lo menos lo intentamos.

CAPÍTULO 2

Sigo revolviendo por la habitación, tengo estas prisas por que lleguen las cosas que no quieres que pasen. No sé, es como que necesito que pase ya el irme. Que no quiero, pero tampoco quiero hacer más larga la espera. Tengo que hacerlo sí o sí, así que, simplemente, prefiero que sea ya, que no me dé tiempo a pensar y lamentarme, a darle más vueltas la cabeza.

Siempre fui de prisas para todo. De prisas para todo y de llegar a los sitios mucho antes de que me esperaran. Más que de que me esperaran, de las horas previstas... Pero sí, creo que a las personas también llego antes de tiempo.

Con Sofía tuve muchos problemas de tiempo. Ya cuando empezamos la relación, hace un par de veranos, teníamos ese miedo continuo de que no fuera a durar, en vez de disfrutar del tiempo en que estábamos juntos.

Empezamos con esas sensaciones de: «Voy a pasármelo bien y no voy a pensar en nada más». Será porque nos conocimos una noche y como que esa noche duró unos cuantos meses. Con ese tonteo del conocernos poco a poco y vernos solo cuando coincidíamos.

BUSCARLO POCO AL PRINCIPIO, CON ALGÚN MENSAJE A LAS TANTAS DE LA MADRUGADA CON MUCHO RON DE POR MEDIO, LOS «SI QUIERES, TE ACOMPAÑO A CASA» SUICIDAS, LOS «ESTA NOCHE PREFIERO PASARLA CONTIGO».

Éramos una excusa el uno para el otro para salir de la rutina, sin la incomodidad de la seriedad con la que las situaciones se envuelven cuando se dice qué son, cuando se ponen etiquetas.

NO ÉRAMOS NADA, PERO LO ÉRAMOS TODO.

No necesitábamos ser, no necesitábamos decirnos que no podíamos estar con otras personas porque no queríamos estar con nadie más. Yo era un *ella o nadie*, con eso me valía.

Muchas veces, parece que creíamos que era como un sueño, una vida paralela, porque por la semana o por el día incluso quedábamos muy pocas veces. Alguna visita furtiva cuando los padres de ella no estaban en casa, un par de horas de estar juntos por las tardes…, pero siempre nos íbamos rápidamente porque no necesitábamos más. Ese ratito ya no llegaba hasta la próxima vez, hasta el siguiente mensaje valiente de «ven», de «ya no puedo más sin ti».

Pero los principios se acaban, y la otra persona quiere más y tú no sabes si lo vas a poder dar, si lo quieres dar, o incluso si estás preparado para darlo. Llegué a su vida y a conocerla de verdad antes de que pudiera darlo todo de mí. Antes de que estuviera preparado para ser una etiqueta, para decir «somos esto o aquello». Cuando yo solo quería que fluyera, que fuera lo que fuera, que si tenía que acabar se acabaría sin que nos diéramos cuenta, sin tener que darle cuentas a nadie, sin enterarnos.

—Parece que solo quieres verme cuando te quieres ir a casa —me dijo con tono de «lo suelto y a ver qué pasa», con la cara contra mi hombro en un banco de su portal.

—No, para nada es eso. Pero siempre coincides genial con mis vueltas a casa. Supongo que eres la mejor forma de volver.

«O QUE ME HACES SENTIR IGUAL QUE EN CASA», pensé.

—Para de decirme cosas bonitas cuando no quieres o no sabes decir lo que piensas —me soltó, y me miró seria—. ¿Qué somos y qué vamos a ser? —La pregunta que no se debería responder nunca a las siete de la mañana.

—Lo primero, creo que somos complicados. —Y tragué saliva para intentar pensar muy bien lo que iba a decir a continuación, porque el ron me estaba dando vueltas en la cabeza y no me iba a dejar decir ninguna mentira. Pero me iba a dar el valor de decir cosas de las que quizás no estaba seguro—. Y vamos a seguir siéndolo, eso está claro. No sé, creo que las cosas están bien como están, ¿no? ¿O no eres feliz?

—Sí que soy feliz, pero quiero saber si esto merece la pena o un día voy a querer verte y tú no vas a querer verme a mí; si de verdad esto importa o no. No es tan difícil.

—Pero estando juntos puede pasar lo mismo: un día podemos estar y querernos muchísimo, pero otro no. Y no pasaría nada, las cosas se acaban, empiezan… ¿Tú quieres algo serio: de vernos casi todos los días, de presentarnos a la familia, de salir juntos con nuestros amigos? Porque esa sería la única diferencia a lo de ahora. Yo ya te quiero, yo ya quiero estar contigo. Solo cambiaría nuestra relación cuando estuviéramos con los demás, nada más. Los sentimientos no cambiarían.

CAPÍTULO 2

YO VOY A QUERERTE DE LA MISMA MANERA SEAMOS LO QUE SEAMOS, PORQUE NO SÉ HACERLO DE OTRA.

—Yo había tenido antes un par de novias que me habían quitado mucho de dentro, con las que lo había pasado mal: me habían engañado o no había salido bien. Tenía un miedo terrible a que fuera algo concreto, porque las cosas concretas se acaban y las cosas que no lo son no. O eso creía.

—Creo que no estamos hablando de lo mismo, que no queremos lo mismo, y para eso es mejor que no nos veamos más. Yo ya me subo a mi casa. —Y se levantó para irse.

—Pero ¿por qué te pones así? Solo estamos hablándolo, a ver qué queremos el uno del otro, no cuánto el uno al otro, eso creo que ya lo sabemos, ¿no? —le dije con cara de «no te vayas», de que no pasa nada por hablar, de que siempre pienso más de lo que digo.

—Sí, bueno, da igual. Mañana hablamos. —Nos dimos un beso de despedida, y me fui con la sensación de que la mayoría de las veces dos personas no quieren igual. Y no es que no quieran igual, es que no están en el mismo momento, no saben querer lo mismo. Muchas veces, eso es lo que de verdad hace que dos personas se junten y se quieran, y otras, lo que las aleja.

«Demasiado pronto, demasiado pronto…», pensé de vuelta a casa. Pero es que las cosas no nos pasan cuando estamos preparados para ellas; pasan y punto. Llegan y, aunque no estés listo, ya estás envuelto en ellas, ya tienes que actuar, dejarte llevar o quedarte atrás.

Llegué a la cama y me esperaba un wasap de Sofía: «Si no lo tenemos claro, es mejor que no tengamos nada».

No contesté, se me da fatal discutir en la madrugada. Me deja el vacío el entrar al trapo cuando me está costando explicarme, o cuando me parece que no hacen nada por entenderme.

Normalmente, las no contestaciones a un wasap nos llevaban medio día de enfado. Pero esta no. Yo no quería contestarle porque no quería decir cosas que no sentía, pero que, si me enfadaba, igual las decía. Y ella, tan orgullosa, no me iba a hablar primero ni de coña.

Cruzamos dos mensajes al acabar el día porque no quería dejarlo así. Sentía que tenía que decir algo, pero, siempre que siento que tengo que decir algo, digo lo mismo que dice la otra persona.

—No creo que sea eso, pero, si tú lo piensas así, pues nada. —Si nos faltaban las ganas de luchar, supongo que ya no había nada que hacer; si no teníamos esa tensión del querer pegarnos más, del no soltarnos, del «aunque sea discutir o fracasar juntos…», pues no sabía ya si había algo que salvar.

CAPÍTULO 2

»Pues mejor así. —Y me bloqueó. Siempre me bloqueaba cuando había algo que no quería escuchar, cuando no sabía lo que quería decir, por el por si acaso nos arrepentimos mañana de algo que queremos decir.

Ya dije que tuvimos un comienzo complicado, pasamos semanas sin hablarnos. Pero se necesita tiempo alguna vez para saber lo que se quiere y a quien no se quiere perder. Y a mí ese parón me sirvió de verdad para saberlo.

CAPÍTULO 3

Tengo casi todo por hacer, y no voy a poder llevar todas las maletas al aeropuerto yo solo. Tendré que llamar a Pau para ver si puede llevarme y ayudarme a llevar todo esto. Pau siempre está ahí para echarme una mano, no conozco persona tan dispuesta a hacer cosas por los demás. Tuve suerte de conocerlo los primeros días de clase y que encajáramos tan bien. Él es como la calma que me falta cuando quiero tomar muchas decisiones y no doy hecho.

Pau se ofreció a enseñarme los sitios adonde iba con sus amigos, que al final se convirtieron en los míos. Me invitó a que bajara con ellos, y no hay mejor sensación que esa. Y es que no hay nada como que alguien que vive en esa ciudad te la enseñe. Yo, que llegué aquí tan perdido, y en dos semanas me hicieron sentir como en casa. En nuestro grupo tenemos la ley no escrita de que somos realmente de un sitio cuando encontramos un buen bar donde beber tranquilos y charlar, y que pasen las horas divagando sobre todas las tonterías que se nos ocurran, sobre todas las chicas que no salen de nuestra cabeza y las que pasan por delante de nuestros ojos.

En eso, con Pau nunca tenía fallo: podía hablar con él de lo que fuera. Cuando estuve mal con Sofía, fue de mis mayores apoyos y me ayudó a tomar las decisiones necesarias para, al final, estar bien yo, que es lo importante. Siempre me dice que

AL FINAL, PASE LO QUE PASE, VAMOS A QUEDARNOS NOSOTROS EN NUESTRA VIDA Y QUE TENEMOS QUE ESFORZARNOS POR QUE SEA LA MEJOR VIDA POSIBLE.

Uno de los primeros fines de semana después de que llegara me invitó a ir a la casa que tenía en un pueblo cercano, a media hora de aquí. Íbamos de camino en el coche él y yo solos porque, como nos ocupábamos de llevar la barbacoa —salchichas, hamburguesas, churrasco...—, teníamos que prepararla y dejarlo todo listo para cuando llegaran los demás.

Empezó a sonar en su coche *Salitre*, de Quique González, y me dijo al momento que la quitara.

CAPÍTULO 3

—¿Por qué, si es un temazo? —le dije entre risas, apartándole la mano con la que iba a cambiar de canción en los mandos del coche.

—¿No sabes esas canciones que te recuerdan a alguien y no puedes seguir escuchándolas, o no quieres, después de que eso se acabe? —replicó, poniéndose un poco más serio. —Pues eso me pasa a mí con *Salitre*: me recuerda a una chica con la que estuve y salió fatal.

—CANCIONES VETADAS POR EXCESO DE OLVIDO,

¿no? —dije mientras nos reíamos—. A mí también me pasa mucho, con canciones y con películas, pero incluso me pasa con algunas canciones que me recuerdan al principio de la relación y que, cuando las cosas no van del todo bien, pues no sé, pero no puedo seguir escuchándolas. Es raro, supongo —dije, y pasé a otra canción.

—Igual es que te recuerda a lo que sentías al principio, y, ahora que ya no lo sientes, pues como que te recuerda que no lo haces, o que ya no eres la misma persona —replicó.

—Tendrás razón; por ejemplo, Sofía y yo teníamos un montón de canciones que nos gustaban y que escuchábamos juntos al principio, pero es que ahora no escucho ninguna de ellas. Y sé que llevo poco tiempo aquí, pero es como si, poco a poco, me estuviera acostumbrando a estar sin ella. Y claro, luego, cada vez que hablamos discutimos... Nos odiamos cuando no estamos juntos, o eso parece. —Solté todo lo que sentía, lo que llevaba guardando desde que llegué allí. No solía abrirme nunca con nadie, pero no sé, estaba cómodo y parecía que Pau lo entendía.

—Oye, que igual solo es que necesitáis veros para recordaros lo que sentís; tampoco te preocupes, tío —dijo con tono conciliador.

—No sé. Igual es eso, que necesito tenerla cerca para notar que está de verdad, y no solo a través del teléfono. Pero es que si quieres a alguien lo deberías de notar todo el rato, creo yo... —Ya no sabía por dónde tirar o por dónde excusarme para no ver que iba mal.

—A VECES SÍ Y A VECES NO. NO CREO QUE PODAMOS ESTAR BIEN CON ALGUIEN SIEMPRE.

Ya sabes que yo soy un poco de no atarme, y que sea lo que sea. Me dejo llevar; menos problemas... —Y empezó a sonar *Carolina*, de M Clan, y no sé lo que pasa con las canciones viejas, que todo el mundo las tiene que empezar a cantar en cuando se ponen en un coche o en algún pub.

CAPÍTULO 3

Yo ya tenía en la cabeza que con Sofía no iba a poder ser, que se nos estaba acabando todo este tiempo compartido, que estábamos a lo que durara. Ya en un par de semanas habíamos discutido tanto que costaba, que nos estábamos costando demasiadas noches sin intentar solucionar algo que no creo que ni nos habíamos planteado si tenía solución. Una cosa es que una relación sea complicada porque haya situaciones externas que nos hagan luchar por ello, por estar juntos. Pero es que yo iba a volver en menos de un mes, en principio, y hablábamos todos los días, y cada vez nos echábamos más en cara el estar descuidándonos. Pero nos lo decíamos sin motivo alguno; cada dos por tres, uno de los dos lo soltaba. Yo creo que ya lo soltaba porque ese era nuestro monotema de conversación y cuando no sabía qué decir le ponía un: «Es que no me hablas nada», y ella a mí: «Es que no me quieres nada». Y como dos tontos nos íbamos encendiendo poco a poco y acabábamos siempre discutiendo. No era sano para ninguno de los dos el necesitar esa atención viciosa de las riñas para seguir ahí con la tensión de una relación… Pero eso con la tensión, no con la chispa.

Llegamos a la finca de Pau y empezamos a montar el chiringuito, por así decirlo. Aún hacia buena temperatura para estar fuera toda la noche, así que la fiesta iba a durar. Montamos un toldo y cuatro mesas para unas veinte personas. A mucha de la gente que venía no la conocía, así que iba a ser como una toma de contacto a gran escala con todo el grupo de Pau. Estaba un poco nervioso, pero me había decidido en este año a no decirle que no a nada, a vivir la experiencia, a conocer a mucha gente y, sobre todo, a disfrutar y a pasarlo bien.

Sacamos las bolsas del coche después de organizar todo, guardamos los refrescos en la nevera —el alcohol, todo junto— y empezamos a preparar la comida.

Fue llegando la gente a cuentagotas mientras hacíamos el fuego y jugábamos un poco con el balón y tomábamos unas cervezas. Me iba adaptando a las presentaciones con todos los que no conocía. Nunca fui tímido, pero cuesta ser extrovertido con tanta gente que se conoce entre sí y de los cuales tú solo conoces a unos pocos. Pero siempre sucede eso de que la gente se va juntando en grupitos, donde cada grupo habla de temas diferentes. Lo había visto durante toda mi vida, en tantas tardes y noches con mis amigos, y en otras fiestas, y eso era lo que de verdad le daba buen sabor a las noches, el hablar con otras personas y conocerlas más. Están los que hablan de recuerdos del instituto o la infancia, por así decirlo; que cuentan experiencias que tuvieron entre ellos con las míticas frases de: «¿Te acuerdas de cuando fulanito hizo no sé qué?», o: «Pues a mí eso no me pasaba con menganito», refiriéndose a profesores u otros compañeros. Después estaban los grupos que hablaban de películas, libros, series o cosas que salen por la tele, en general. Todos hemos comentando alguna vez algún capítulo de *Los Simpson* con nuestros amigos y se nos ha quedado una frase como muletilla para toda la velada. Pues la de ese día fue: «Marge, tú no sabes decir que no: ¿no ves que tienes tres hijos?». La había escuchado como tres veces en media hora.

Estaba también el mítico grupito que se pone filosófico y habla de amores, de fracasos, y reflexionan... Ese día había en él cuatro chicas y dos chicos, contando conmigo. Siempre preferí más hablar tranquilamente, con ron en mano, de la vida que estar jugando con los dos perros que había o gastando bromas todo el rato. Y ahí encontré mi sitio toda esa noche después de ir pasando de grupo en grupo para ver con quiénes conectaba mejor.

—Pues yo creo que, si en el momento te gusta alguien, te lías con esa persona y punto. No hace falta conocerla o creer que va a ser el amor de tu vida —dijo una de las chicas del grupo que se llamaba Luz y tenía el pelo rubio.

—Yo, sinceramente, prefiero conocer a alguien de verdad antes que darnos cuatro besos mal dados y todos sudados en un pub. Pero que no critico lo que dices; cada cual hace lo que quiere —dijo una chica morena que se llama Ana y que llevaba media noche encajando en casi todas sus respuestas. Era bajita, tenía los ojos grandes y con chispa y todo lo que decía era contundente.

—Me parece que nunca me he liado con nadie con quien luego no me haya vuelto a liar —dije—. Tengo como la tentación de repetir siempre para ver si podemos hacer las cosas mejor; o, no sé, igual es que me engancho fácilmente a las personas —concluí entre risas, un poco achispado ya.

—Entonces, tú sí que te has liado con chicas de una noche —me dijo Ana.

—No sé si se las puede llamar así, porque me he liado con chicas una noche, pero luego también me he vuelto a liar con ellas otra noche, u otro día. Así que supongo que me he liado con chicas de una noche que se han alargado, unas más que otras —expliqué con ese tono de no intentar quedar pedante, pero de que se sepa que tengo historias. Supongo que a veces los chicos tenemos eso por dentro, que cuando nos atrae alguien que está delante, queremos llamar siempre la atención.

—¿Y qué pasó? ¿Te conocieron y se fueron? —dijo Ana, centrando la conversación ya entre nosotros dos. Los dos chicos y la otra chica ya estaban hablando de otras cosas y solo quedaba Luz escuchándonos, pero sin intervenir.

—Pues no te digo que no. No todos somos como alguien nos imagina la primera vez que nos ve, o como la primera impresión que se le queda. Yo no sé por qué siempre suelo ser peor —respondí con tono jocoso, intentando sacar jugo para ver su próxima pregunta o respuesta. Estaba intrigado por saber dónde me estaba llevando.

—Nunca cumples las expectativas, parece... ¿Te pasa con todo? —me dijo muy seria.

—Te diría que puedes intentar averiguarlo, pero ahora mismo estoy infelizmente comprometido en una relación a distancia; tendrás que esperar. —Me gustaba picarla para ver un poquito más su reacción. Tenía ese algo en la voz que hace que quieras escucharla más y más, y no sé por qué, pero aun mencionándola, ni siquiera pensaba en Sofía.

—Si eres infeliz, deberías cambiarlo, pero, aun así, no creo que me gustara el resultado. Parece que te falta un poco de confianza en ti mismo para hacer feliz a alguien. —No sé por qué, pero me quedé pensando un minuto en lo que me acababa de decir. Siempre pensando que los demás son el problema, que lo de Sofía no iba bien porque no iba bien sin más, e igual la culpa era mía; igual no estaba como tenía que estar para mantener una relación sana.

—Mañana mismo empiezo a cambiarlo, de verdad —le dije entre sonrisas.

—NO ESPERES A MAÑANA, HAZLO HOY; HAZLO POR TI DESDE YA.

—Tuve que bajar la mirada porque se puso demasiado seria con esa respuesta.

—Uy, uy. Estáis demasiado intensitos, y todavía es casi temprano —exclamó Luz, y cambiamos de tema.

Me pasé media noche más hablando con Ana, conociéndola un poquito más. Y coincidíamos en tantas cosas...: música, a los dos nos gustaba correr y tocar la guitarra, ir al cine... Quedamos en que iríamos a correr la semana siguiente, cuando nos recuperáramos un poco de la resaca que nos estábamos ganando; que me iba a enseñar por dónde solía ir ella en la playa. Nos dimos los números de teléfono y nos mezclamos con los demás, a seguir haciendo el tonto y a jugar al «Yo nunca» admitiendo las mentiras, y ocultando las verdades. Sé que yo juego un poco raro, lo sé. Es para despistar y para beber más.

Me desperté al día siguiente en el sofá de la casa de Pau y lo primero que me vino a la mente fue Ana. Quedábamos ya solo unos pocos en la casa y ella ya no estaba. Encontré mi móvil en la sudadera que le había dejado el día anterior, en plena casiinconsciencia ya, y tenía un wasap: «No te olvides de que no solo es llegar, también es quedarse... ¡Buenas noches, soy Ana!».

¿De qué hablamos la noche anterior, y qué quería decir? No sé si es que la frase que me dijo era muy confusa o era yo, que tenía una resaca que no podía conmigo.

CAPÍTULO 4

Odio los aeropuertos. Bueno, más que los aeropuertos, los aviones. Ya sé que es el medio de transporte más seguro de todos, pero mi cabeza, cuando está metido en uno por el aire, no lo sabe o no lo quiere recordar. Entre la sensación de cuando el acelerón del despegue te echa hacia atrás y que, cuando está subiendo, no sé por qué, noto siempre que se cae... Y bueno, lo de mirar por la ventana y esas cosas, ya imposible. Simplemente, no puedo. Tengo que ponerme a leer cualquier cosa que caiga en mis manos, y con música bien fuerte para no escuchar el ruido de los motores. Porque en cuanto el ruido del motor cambia un poco, ya estoy pensando: «Se acabó, esto se cae, hasta aquí hemos llegado». Y ahora que ya llega el momento de coger otro avión, ya notaba dentro los nervios del despegue.

SIEMPRE TUVE MIEDO A VOLAR POR EL MIEDO A CAER, Y ESO CASI CASI PUEDO APLICÁRMELO A TODA MI VIDA.

Cada vez que algo iba bien, me frenaba un poco, como que me boicoteaba. Pensaba que no me lo merecía o, simplemente, que no iba a salir bien. O que no iba a salir como yo imaginaba. Las expectativas siempre me han hecho mucho daño. Para mí, las expectativas lo arruinan todo, porque, al haber imaginado una situación antes, es como si ya la hubieras vivido, y es muy complicado que la realidad compita contra lo que tú imaginas.

Y eso, claro, cuando lo pasas a las expectativas que tienes con una persona…, pues ya te puedes imaginar.

Por eso, cuando empecé a conocer a Ana no tenía ninguna expectativa, no tenía ningún pensamiento en el futuro, no sabía qué esperar. Simplemente, éramos dos personas que se habían conocido y que habían encajado. No tenía ninguna expectativa amorosa. Yo seguía con Sofía y, aunque no fuera bien, eso no cambiaba nada. Estar con una persona implica que a veces hay malos momentos y otras veces, buenos, pero que no hay que abandonar a la primera.

Desde el último mensaje de Ana —«No te olvides de que no solo es llegar, también es quedarse»—, habíamos seguido hablando y conociéndonos un poco más. No habíamos hablado explícitamente sobre esa frase. Como que en algunas conversaciones que se marcan con una frase, no sé por qué, pero no se habla de lo que se tiene que hablar. Por miedo, quizás, a un enfado y a que no se vuelva a hablar, o incluso a profundizar más y que no nos guste lo que vemos en la otra persona. En mi vida, eso de no hablar de lo que hay que hablar es una constante. Creo que me pasa siempre, y sobre todo cuando alguien me gusta de verdad. Prefiero tirar indirectas, a ver qué pasa, que plantarme y decir: «Oye, me gustas; ¿yo a ti te gusto?». Así de bruto y directo. Unas cuantas chicas en mi vida nunca me dijeron que no, pero tampoco me dijeron que sí, y así se quedaron algunas historias, apagándose solas y quedando olvidadas. Como pensaba que podía quedar lo mío con Sofía, en el parón… El amor se extingue solo; es la mejor forma de que muera.

Pero también vuelve con un encontronazo… Y se vuelve a incendiar todo, y ahí entran también las expectativas.

Yo ya no espera nada. Llevaba sin hablar con Sofía por lo menos un mes y medio o dos meses, desde que habíamos quedado en dejarlo, en intentar olvidarnos, en buscar la felicidad en otras personas. Y sí, si no ves a la persona que estás olvidando, no hay problema, pero, cuando te cruzas con ella y está con otro chico, bailando como bailaba contigo, ahí te duele un poco el corazón. Como en una canción que escribí una vez, que se llama *Valiente*: «Que te quiero un poco más / cuando no puedo tenerte»... Pues eso, que en ese momento la quería mucho conmigo.

El recuerdo de ese momento en que nuestras miradas se cruzaron y se clavaron, y ninguno de los dos dijo nada, fue como un «sé que estás ahí, pero ni yo voy a ir a hablarte ni tú vas a venir a hablarme a mí». Demasiada tensión para las 6:30 de la mañana. Sí, las cosas que recordamos nos pasan las noches que no dormimos, no hay otra manera. Y yo, siempre que he tenido una situación de la que olvidarme o pasar página, lo que he hecho es hacer muchas cosas; no hay otra manera de olvidar que estar pendiente de moverte y de seguir.

Intentábamos no mirarnos muy descarados, se nos notaba. Lo notaban sus amigas y lo notaban mis amigos.

—Hey, tío, ¿qué te pasa? Estás como apagado —me decían.

—Nada, es que me ha entrado el bajón. Ya no son horas; dentro de un rato me iré. —Y sin pensarlo, en ese momento cogí y me fui. Siempre fui un poco arrebatado: me iba por las noches y dejaba a mis amigos ahí. La soledad de la huida me gustaba.

Me gustaba volver a casa solo, pensando en mis cosas, mis tonterías de vuelta a casa borracho. Los días de *no*, pensaba que todo iba a seguir siempre mal, y los días de *sí*, me creía indestructible. Siempre cogía un par de trozos de pizza de vuelta a casa. Era la única manera de combatir preventivamente la resaca; eso y un montón de agua al llegar a casa.

Dicen que siempre lo estropeo todo, o que no sé dejarlo ir, y, bueno, la fama no está ahí por nada. Cogí el móvil y le escribí a Sofía: «Si supieras lo equivocada que estás estando con otros...», mi frase de cabecera —de Andrés Suárez— para las noches en que echo de menos y no se van conmigo. Como que la valentía de la madrugada o la inconsciencia siempre se va incrementando, y, bueno, ya nos arrepentiremos mañana de los mensajes de hoy.

Estaba ya cerca de mi casa cuando me llegó un mensaje:

—No estás tú porque no quisiste, así que no me vengas con estas mierdas. —Sofía estaba enfadada—. Tú no quisiste luchar ni estar conmigo, así que para —seguía diciendo.

—¿Dónde estás? En realidad, no era eso lo que me pasaba, pero como nunca preguntaste. Solo te dejas llevar por lo que crees sin preguntar a los demás... —No iban a llevar a nada bueno estos intercambios de acusaciones, o eso creía.

—Estoy llegando a casa; ¿tú...? Siempre es culpa de los demás..., nunca es la tuya; tienes que empezar a madurar de una vez, no eres un niño. —No estaba lejos de mí, ya que vivíamos bastante cerca el uno del otro. Igual nos veíamos o nos cruzábamos.

—Yo también. Si estás sola, te acompaño..., si quieres. —Esto volvía a nuestro terreno, a vernos en las vueltas a casa, a acabar los días juntos cuando empieza uno nuevo.

—Estoy en mi calle, ven. Estoy un poco borracha, ¿tú lo estás?

—No demasiado —mentí.

Llegué en cuatro minutos a su calle. Estaba esperándome en su portal, sentada, con los tacones en la mano y la vista muy fija en mi llegada. Hice un poco el tonto mientras me acercaba, para sacarle una sonrisa, y se medio rio.

Sofía y yo éramos muy de decirnos las verdades borrachos porque nos costaba un poco abrirnos el uno con el otro, y siempre acabábamos enfadados cuando lo hacíamos.

—Hoy no vamos a follar, te lo aviso —me dijo levantando un dedo y acercándose a mí.

—No estaba en mis planes, te lo juro. —La acerqué para abrazarla.

—¿Cuáles son tus planes, a ver? A ver si tienes algo claro ya... —Correspondió al abrazo, llenándome la camisa de maquillaje, pero ya me daba igual; estaba allí con ella y solo importaba eso.

—Mis planes son rescatarte de todos los que bailan de madrugada para que solo me pises a mí bailando.

CAPÍTULO 4

Igual los estoy rescatando a ellos... —Y empezamos a movernos agarrados, lentamente hacia los lados, simulando bailar.

—Vas a tener que esmerarte mucho. Estoy más guapa cuando no estoy contigo, te aviso. —Tenía razón, la verdad es que estaba impresionante, era la reina de las madrugadas.

—No quiero que te vayas más —le dije hundiendo la cara en su pelo, que olía a primavera.

—No me dejes ir. Eres tú el que siempre se va, el que no se queda conmigo. —Tenía razón; si no estábamos siempre así, era por mí, por mi miedo a no volar, por el miedo a caerme.

—Si tú quieres, lo vamos a hacer de verdad. Vamos a ir a por todas; no nos vamos a ir y vamos a luchar. Yo me quedo contigo pase lo que pase —le dije mirándola a los ojos—. No quiero más vueltas a casa sin ti; no quiero que la mierda del ron me diga que no estás; no quiero ver a las demás y que me recuerden a ti.

—No te vuelvas a ir antes de tiempo. No te vuelvas a ir mientras nos queramos. Y no me prometas que lo vas a hacer. No lo hagas, y punto. —Me acerqué para darle un beso cuando acabó de decírmelo, pero me agarró la boca con las manos. —Dilo.

—¿Qué quieres que diga? —le dije mientras intentaba soltarme.

—Que no te vas a ir mientras nos queramos por miedo a que salga mal. —La miré mientras se me cerraban un poco los ojos por culpa del alcohol.

—No me voy a ir mientras nos queramos, ni por miedo ni por nada. —Y nos besamos.

Estuvimos un rato más juntos, diciéndonos cosas de las que nos querríamos acordar mañana por la mañana, hasta que se hizo temprano, por así decirlo, y subió. Se despidió con un:

«NO ME FALLES ESTA VEZ Y QUÉDATE»,

y se desvaneció por las escaleras, hasta que mi vista no alcanzaba más.

¡Cómo una noche en la que no esperas nada te puede cambiar los próximos años de tu vida! Supongo que los momentos llegan, y punto, y hay que agarrarse fuerte a ellos, decidir si sí o si no e ir a por todas. Lo tenía claro: en dos horas, de repente tenía claro que no me iba a ir, que iba a hacer todo lo posible por que funcionara. No era algo que había aparecido dentro de mí de repente, no. Lo tenía dentro, solo que no quería o no había sabido sacarlo hasta ese momento. Ese momento en que las verdades y las mentiras no existen, solo son hechos o no hechos. Y era un hecho que Sofía era mi chica; era mi chica mucho antes de esa noche. Para mí, para mi ser por dentro. Pero ahora ella lo sabía y quería serlo. A pesar de todas las cagadas, quería apostar por mí. No sabía qué tenía —yo no tenía nada—, pero ella veía algo en mí y no podía defraudarla.

Llegué a mi casa y bebí como dos litros de agua mientras le escribía un wasap a Sofía, que ya se había despedido con un «Buenas noches. Mañana nos vemos. Acuérdate, quédate».

Le escribí:

«No te voy a prometer nada, pero estoy seguro de que va a salir bien. Somos de los que, si queremos, lo hacemos de verdad, que es la única forma de que cuente. Mañana voy a estar, tenlo por seguro, pero no solo mañana. Pasado, el lunes, el martes... Yo ya no me voy. No me voy a ir, Sofía. Eres lo que quiero para mí, eres mi plan A y no tengo ningún otro».

Y me fui a dormir. Vinieron semanas buenas, llenas de primeras veces, de presentaciones a la familia, de hacer las cosas oficiales. Yo con ese miedo a llamar a las cosas por un nombre, pues ya era mi novia, y no pasaba nada. Era feliz, ella también, no sé por qué tanto miedo. Pero, bueno, los principios se acaban, la pasión del principio se enfría si no se cuida. Y creo que alguna vez nos descuidamos.

ES UNA CASUALIDAD QUE EL PLAN A TUVIERA LA MISMA INICIAL QUE EL SIGUIENTE PLAN EN MI VIDA.

CAPÍTULO 5

Con el ajetreo de preparar todo para el viaje se me había olvidado hasta desayunar; solo había bebido mucha agua al volver a casa de noche para que la resaca al día siguiente no fuera tan dura. Y es que por las mañanas me entra fatal cualquier desayuno. Soy de los que, o no desayunan nada, o se toman un vaso de agua, una fruta y listo. Incluso cuando salgo a correr hago lo mismo, y, claro, luego me dan bajones, pensando que puedo aguantar todo lo que me echen, y no. Tengo momentos en los que no sé cuáles son mis límites, y menos cuando me pongo tonto por no quedar mal.

La primera vez que quedé con Ana para ir a correr, me pasó. Quedamos un par de días después de la fiesta. Mientras íbamos sabiendo más el uno del otro por WhatsApp, nos seguíamos en diferentes redes sociales, esa forma tan mala de ser espías que tenemos hoy en día. Parece que tenemos el conocimiento de alguien al alcance de nuestras manos, pero al final solo vemos lo que las otras personas quieren que veamos. Yo ya sabía por su Instagram que le gustaba sacar muchas fotos en sus viajes, que viajaba mucho, que hacía surf y que por las noches sonreía en todas las fotos que le sacaban. Eso: cosas que ella quería mostrar, pero al hablar con ella aprendí que había estado viajando desde pequeña porque sus padres se mudaban cada dos por tres, ya que su padre era militar y había estado por todo el país, y la habían mandado también a estudiar fuera. Que empezó su gusto por la fotografía cuando tenía doce años y su tía le regaló una Polaroid. Me contó que su tía falleció poco después por una enfermedad y que desde entonces, a cada sitio al que iba, siempre llevaba la Polaroid y otra cámara para fotografiarse en cada lugar, para rendirle una especie de pequeño homenaje a su tía. Del surf, que su hermano, desde pequeño, lo había hecho, e iban juntos siempre, como una pequeña tradición familiar. Aprovechaban puentes y fines de semana para irse a cualquier playa con buenas olas a disfrutar, ya que se veían poco porque él no vivía en la ciudad. Y de los monos, solo le dije que estaba muy guapa cuando se arreglaba para salir de noche, a lo que me contestó: «Estoy más guapa por las noches porque hay menos luz».

CAPÍTULO 5

Pues eso, que viendo sus redes solo podías acariciar la espuma que deja una ola cuando rompe, pero no todo lo demás. Si no te metes en el mar, si no profundizas, no entiendes por qué pasan las cosas, desde cuándo suceden o cuándo van a volver a suceder. Hay que ir más profundo para conocer a alguien. Nuestra vida no es una pantalla, y no podemos pretender conocer a alguien sin hablar con esa persona.

COMO QUE MUCHAS VECES EMPEZAMOS POR EL FINAL, POR EL *CREER* SABER, Y NO POR EL *QUERER* SABER...

Eran las 11 de la mañana. Me había costado despertarme, como siempre, pero con ese calorcito dentro que tienes por la incertidumbre de hacer algo nuevo, algo que quieres hacer, pero que te produce nervios. Quedamos al lado de la playa para bordear toda la costa, que era por donde solía salir toda la gente a correr, a pasear a los perros, a ir en bici..., sobre todo cuando hacía sol, como hoy.

Yo no venía de un clima extremadamente frío, pero en esa ciudad hacía mucho calor. No estoy en contra del calor ni del sol. Creo que el sol, cuando sale, nos alegra a todos, y muy bien: estamos con otro humor y todo es mejor. Pero la temperatura de ese día podía conmigo, y encima somos tan listos de correr al mediodía. Ahí comprendí que cuando tienes ganas de algo no prestas atención a nada, ni a las consecuencias ni al tiempo. Solo quieres ir y estar con esa persona.

—¿Preparado para darle caña, corredor? —me saludó Ana con una sonrisa cuando llegué, ya sudando un poco—. Pero estás ya un poco acabado, ¿no? —me dijo riéndose.

—Calla, que aquí hace «demasiada» calor —repliqué.

—*Demasiado.* El calor es masculino —me corrigió mientras empezaba a estirar.

—Me da igual lo que sea; me importa lo que hace conmigo, y no es nada bueno. —Empecé a imitar sus estiramientos, pero ya tenía ganas de ponerme en marcha.

—No seré yo quien no te deje estar equivocado. ¡Vamos, que en hora y media tengo que estar en casa!

—Dale. —Y nos pusimos en marcha.

Empezamos con buen ritmo, mientras comentábamos los últimos capítulos de *Juego de tronos.* Últimamente, solo conecto con las personas por friki, por así decirlo. Cómo han cambiado las cosas. Antes, por estar enganchado a una serie o ser seguidor o fan de algo, ya te llamaban viciado, o no se veía con buenos ojos. Pero ahora, todo el mundo, o sigue veinte mil series, o es superfán de un grupo de música, o de ir a festivales, o de bloggers, o de youtubers... No sé, las cosas han cambiado. Quizás es que ahora tenemos demasiado tiempo libre, y el tiempo libre en una persona, o lo llenas, o te come por dentro. A mí siempre me pasa que cuanto más tiempo libre tengo, menos cosas hago; porque tengo los momentos para hacerlas, por eso no los encuentro. Si estoy muy liado y tengo que hacer algo, lo hago, sí o sí, en cuanto puedo, porque no puedo elegir entre hacerlo por la mañana, por la tarde, por la noche...

ELEGIR, ALGUNAS VECES, SE CONVIERTE EN UN PROBLEMA, PORQUE, CUANDO TENEMOS QUE ELEGIR ENTRE MUCHAS COSAS, ACABAMOS ELIGIENDO MAL O NO ELIGIENDO NADA.

En cambio, si tenemos que hacerlo por narices, se hace y punto. *Demasiado* nunca fue bueno para nada, y no tener objetivos o aficiones para mantener la cabeza ocupada, para pensar menos los días en que le damos vueltas a todo, a veces nos acaba carcomiendo por dentro.

Llevábamos media hora y ella estaba en mucha mejor forma que yo. Estaba pagando los excesos del verano, las copitas de por la noche, el picoteo por las tardes..., y, aunque nunca fui de comer mal, tampoco lo fui de comer bien. Ya me habían dado un par de puntos de esos que te dejan sin aire y tienes que apretar para que se te pasen. Y apreté y apreté.

—¿Qué, ya no puedes más? —dijo Ana burlonamente.

—Hoy no tengo el día; me está costando, ¿eh? —contesté mientras me ponía a su altura.

—Ya, será solo hoy… Aún nos queda, mínimo, media hora más. ¿Vas a poder o no? —me dijo mientras subía el ritmo y yo resoplaba.

—Sí, claro, ¿qué apostamos? —Me había tirado un farol. No sabía si iba a poder, pero tampoco quería quedar mal. No había bebido casi nada antes de salir de casa y me estaba quedando con las fuerzas justitas.

—Venga, ¿qué quieres apostar? ¿Una cena? —Me sorprendió su propuesta. Una cosa es ir a correr con una amiga y otra es ir a cenar. Casi me acordé de Sofía, pero no, no tenía por qué acordarme de ella, porque era una amiga y ya está. Podía cenar perfectamente con una amiga.

—Vale, una cena y una botella de ron. Pero, la cena, nada de ir a un sitio chachi de estos de postureo. En mi casa, y el que pierda tiene que cocinar para el otro. Si las cosas se hacen, se hacen bien. —Siempre tengo la manía de subir las apuestas y de meter el ron de por medio en todos los planes fatales. Siempre escogiendo la peor opción, pero ya estaba dicho. Estaba claro que no tenía la cabeza donde debería tenerla, o, por lo menos, en quien debería tenerla.

—Perfecto. —Y se rio. Subió un poco más el ritmo y allí iba, detrás de ella a por una cena que no sabía si debería, pero que quería que pasara. Y lo mejor es que no tenía manera de perder. La cena iba a ser sí o sí, solo nos jugábamos el cocinar. No sé si Ana no se había dado cuenta o si lo dejó así porque le gustaba la idea de verdad.

Aguanté otros quince minutos más a un ritmo decente, pero ya tuve que bajarlo a toda prisa. No iba andando, pero iba trotando muy muy lentamente. Trote cochinero, como decía un profesor que tenía en el instituto. No iba a poder, o eso me decía.

—¡Más rápido, que así no vale! Es casi como si no estuvieras corriendo —protestó con un tono entre serio y de broma—. La cancelamos como no le metas un poco más de caña —dijo algo más cortante.

—Mientras no me pare y siga corriendo, todo vale; si no, haberlo dicho antes de empezar la apuesta. Ahora, las reglas ya están puestas; ya estoy pensando en qué quiero de cenar… Y de ron, nada de marcas blancas: de calidad. —Estaba asfixiado.

—Ja, ja, ja. Ya, claro, como un señorito de bien. Como te pares, te voy a pedir algo jodido de hacer. Estás avisado. —Me cogió del brazo y tiró un poco de mí para ponerme a su altura.

Yo ya estaba hiperventilando. Entre el calor y que no tenía el cuerpo demasiado preparado para correr una hora seguida, me iba fatal. Solemos intentar ser lo que aparentamos ser en las redes, y yo, por querer parecerlo, o por querer parecerme a lo que pensaba que era ella, lo estaba pasando fatal.

En vez de haber quedado tranquilamente con Ana a tomar un café o cualquier cosa, ahí estaba yo, forzándome demasiado. Es que ya ni la escuchaba, estaba como ido. No sabía lo que me estaba diciendo y me limitaba a contestar: «Sí», «Ya», «Qué putada»…, contestaciones que valen para todo en cualquier situación.

—Dos minutos y acabamos. ¡Venga, que ya no te queda nada! Voy a tener que empezar a pensar qué hacerte —me dijo animándome.

—Me vas a tener que hacer el boca a boca —le dije casi en una exhalación mientras ponía los ojos como platos—. No te asustes; más que nada, porque me va a dar un fallo respiratorio. Nada sexual ni romántico, tranquila. —Y nos echamos a reír. Bueno, ella; yo ya no podía ni respirar.

—Un minuto; llegamos a ese banco y se acabó. —En cuanto acabó de decirlo, empecé a acelerar. Saqué todas las fuerzas de flaqueza que me quedaban, el último esprint. Estaba llegando ya al banco y…

CAPÍTULO 5

—Hey, loco, ¿estás bien? —Sí, me había chocado contra el banco. Tropecé con mis pies por el cansancio y me había hecho una herida en el brazo y en la mano.

—Sí, sí…, heridas superficiales. Es que me gusta tirarme, viene de familia. Mi abuela también lo hace —contesté mientras me ayudaba a levantarme.

—¿Cómo que tu abuela también lo hace? —dijo sorprendida.

—Sí, claro, ya lleva unas seis o siete caídas. Ya le decimos que tiene gusto por caerse, y ella siempre se ríe. Es mayor, pero es una broma que le hacemos para quitarle importancia. Necesito beber agua ya. —Fuimos hasta la fuente más cercana a beber y a limpiarme un poco las heridas.

—¡No me digas que no me dejé el pellejo, eh! —Y le di un toquecito en el hombro.

—Ja, ja, ja. Eso no te lo niego. Entonces, cuando hagamos la cena, tendré que pensar algún plato envenenado o malísimo para que no te siente bien la victoria —me contestó mientras se secaba el sudor de la frente. Estaba roja y hecha polvo, aunque mejor que yo, y aun así estaba guapísima.

—Me da igual que me envenenes; ya ves que nada puede acabar conmigo. Ni tú ni ese banco ni el calor ni nada. Soy el chico que no se da por vencido.

—Y yo supongo que soy la chica vencida…

—¡No, tú eres la chica por la que vencer! —Nos sonreímos con una sonrisa de esas que se quedan grabadas porque son entre tímidas y sinceras. Bueno, o una mezcla de las dos.

Estuvimos charlando un rato más hasta que nos separamos cada uno para su casa. Habíamos quedado el fin de semana para la dichosa cena. Tenía muchas ganas y de vuelta a casa ya no pensaba en nada más. Si era una simple cena o si esperaba más, si tenía que decírselo a Sofía o no, si era algo importante o era una tontería del momento. Estaba hecho un lío y llevaba cuatro días sin hablar de verdad con Sofía, excepto monosílabos y frases de cortesía. Algo estaba cambiando dentro de mí y no sabía muy bien qué hacer. No quería cortarme en conocer a alguien interesante, no tenía tampoco pretensiones de que pasara nada, pero tampoco quería luchar por alguien que no luchaba por mí, que solo me ponía problemas e impedimentos, que solo miraba por ella. Igual, yo debería hacer lo mismo y mirar por mí; es mi vida. Eso es lo que voy a hacer de ahora en adelante, estaba decidido. Era mi historia, mi aventura, no tenía que dar explicaciones a nadie, solo ser sincero conmigo mismo, e iba camino de ello.

CAPÍTULO 6

Cada vez que tengo que hacer algo, me distraigo con todo; soy un poco irremediable en eso. Pierdo la vista una y otra vez por la habitación sin acordarme de qué busco y sin saber dónde mirar.

TENGO UNAS CUANTAS BOTELLAS ENCIMA DE LA TELEVISIÓN, ESTÁN ENTRE ADORNANDO Y RECORDÁNDOME LO QUE PASÓ. HAY UNA DE RON QUE TENÍA EL SABOR DE ANA... Y EL RECUERDO DE SOFÍA.

Esto de acordarse siempre más de lo malo que de lo bueno es una putada. Tendemos a olvidarnos de las cosas buenas que nos pasan o que vivimos a diario, o de los momentos en los que somos felices, pero siempre recordamos lo malo. Creo que como mecanismo de autodefensa para la próxima vez que nos pase una situación parecida. Intentamos ponernos la venda antes que la herida para que no nos duela nada ni nadie.

Yo soy muy de concienciarme antes, de, si algo va a ir mal o se va a acabar, tenerlo ya en mente para que no sea un *shock* ni un golpe muy duro. Con esto no quiero decir que acabe las relaciones a propósito o que haga por que vayan mal. No, yo dejo que todo sea, pero me preparo por dentro para el huracán; meto los muebles y los sentimientos de valor en el sótano para que no puedan acabar con ellos, para que nadie pueda acabar conmigo.

Sofía era muy de morder, de picarme para ver alguna reacción, de buscar problemas donde no los hay para poder arreglarlos y estar tranquila. Me llevaba bombardeando toda la semana y yo no podía aguantar más. Nunca me disgustó no tener que cortar una relación a la cara, porque las cosas que tienen que pasar, pasan igual; estemos donde estemos, las vamos a sentir igual. Si las cosas tienen que acabar, da igual cómo acaben. Yo solo quiero que terminen para poder tener la cabeza tranquila, y no más mal rollo, no más tiempo perdido.

La decisión la tenía tomada, mi cabeza ya no podía pensar en otra cosa. Sabía que no iba a ninguna parte con ella, por lo menos estando los dos en otra ciudad. No quería que me hiciera sentir mal nunca más, no quería simplemente eso. No la quería. No como antes.

CAPÍTULO 6

La llamé… Las cosas cuanto antes, para que duelan el menor tiempo posible.

—Dime —respondió ya malhumorada, supongo que por los últimos mensajes que nos habíamos mandando sin hablar de nada y que tan poco le gustaban.

—No podemos seguir así. —Fui franco desde el primer momento, había que decir lo que pensábamos, ya no me podía callar más—. Cada vez nos lo estamos haciendo pasar peor y nos habíamos prometido que no; nos estamos doliendo demasiado, nos hemos agotado, y no sé, pero no me veo ni con la ilusión ni con la fuerza para luchar. —No podía ser más sincero.

—Pues lo dejamos y punto, y no nos mareamos más. Yo no puedo estar tranquila estando tú allí. No digo que estés haciendo cosas malas ni que me engañes ni nada por el estilo. Pero, simplemente, no puedo ser yo contigo como antes. Yo no quiero estar de mal humor todos los días con las conversaciones de mierda que tenemos. Se acabó. —Nunca creí que fuera a ser tan certera con su respuesta.

—Creo que no hace falta que digamos las típicas tonterías de siempre: lo de «voy a estar ahí para ti», o «puedes contar conmigo para siempre», o «no te voy a olvidar». Sabes que no te voy a olvidar, pero no puedo seguir aquí pensando en ti; yo necesito tiempo para apartarme, para afrontarlo. —Siempre que dejaba una relación, tenía que cortarla del todo; no podía olvidar a alguien y seguir hablando a todas horas con esa persona. Eso conmigo no funcionaba. Por así decirlo, tenía que desintoxicarme de esa persona y reencontrarme conmigo mismo yo solo. Ir creando otra vez mi propio espacio al completo, distraerme con mis temas y pensar en mí y en lo que quiero de mí y para mí.

—No hace falta más, ya hablaremos, o ya nos veremos cuando nos tengamos que ver. Que te vaya bien y disfrutes de la experiencia. Sin acritud, no vas a encontrar a nadie como yo. —Siempre dejándome sus recaditos.

—No quiero a nadie como tú; eres suficiente para toda una vida. Pero no estamos en el momento ni en el lugar, siempre fuimos muy de desubicarnos el uno al otro. —Es difícil acabar una conversación cuando tratamos de acabar algo; como que esquivamos el último adiós, aunque lo tengamos claro.

—Bueno, vamos a decir que nos quisimos demasiado, pero no siempre cuando nos debíamos querer. —Tenía razón: cuando más nos quisimos, siempre fue cuando menos juntos estábamos. Y en esta ocasión, que estábamos juntos pero alejados, fue al revés.

—Totalmente Sofía… —Ya no sabía que decir.

—Bueno, acuérdate de lo que te dije. Acuérdate de volver a casa. —Y me colgó.

CAPÍTULO 6

«ACUÉRDATE DE VOLVER A CASA»...

Me lo había dicho en nuestra despedida, el día que me venía para acá. ¿Se me había olvidado realmente cuál era mi casa? ¿Estaba valorando más lo nuevo, aunque fuera peor, que lo viejo y estable? Creo que no, creo que estaba siendo bastante sincero conmigo, y por no querer seguir con algo que me hace daño, bueno, que nos hace daño, no estoy renunciando a volver a casa.

No es fácil tomar las decisiones que sabes que tienes que tomar y dejar atrás los recuerdos viejos para intentar crear otros nuevos. Porque las personas somos así: necesitamos vaciarnos de vez en cuando y volver a llenarnos una y otra vez. Y yo no quiero una vida monótona, de conformarme con una felicidad irreal, de no hacer nada para tener algo. Yo quiero que pasen cosas, que la felicidad sea real todo el tiempo y que haya que luchar por ella, aferrarse, trabajarla y cuidarla. No quiero estar en el sofá y que venga todo a mí, o tenerlo ya todo desde el primer momento. Esa vida no es para mí.

A veces somos injustos cuando tenemos que pensar en nosotros, pero no podemos contentar a todos, no podemos cargar nuestra mochila con las piedras de los demás.

CAPÍTULO 7

Tengo unas cuantas fotos encima de los muebles, no demasiadas; nunca me gustó recordar los momentos buenos, ni los tristes, porque soy mucho más de mirar al futuro que de quedarme en el pasado.

Igual que cuando se acabó con Sofía, que extrañamente no estaba triste, lo acababa de dejar hacía un par de días con la chica con quien me había costado tanto estar, la que me dejaba ir y volver, la de las noches imposibles y las madrugadas eternas. Pero no sentía nada, no sentía como si me hubieran quitado algo de dentro, como otras veces en otras relaciones mucho menos importantes que esta. Igual es que lo tenía tan claro que ya no se podía seguir, que ella ya no estaba dentro de mí, sino a un lado, y había dado un paso hacia otra dirección.

Estos días, Pau había estado pendiente de mí, diciendo mil veces que teníamos que salir de fiesta por eso de que «un clavo saca otro clavo», de que olvidar a alguien dura dos semanas como mucho, de que lo que más ayuda para olvidar a alguien es masturbarse. Hasta tenía una teoría, que valía para chicos y chicas: cuando echas mucho de menos a alguien con quien estuviste, piensas en los sentimientos que tienes hacía esa persona, pero no son reales; están en tu cabeza, son recuerdos y los recuerdos los varía tu mente. Dos personas pueden vivir juntas la misma situación y los recuerdos que tienen de ella son totalmente diferentes. Por eso hay algo que es más difícil de cambiar o de olvidar: la sensación que tenías con esa persona cuando pasabais las noches juntos. Ese recuerdo es una sensación un poco más real porque sabes mejor lo que sentiste. Entonces, cuando echas de menos a esa persona, muchas veces piensas en cómo lo hacíais juntos, y en ese momento la recuerdas un poco más íntimamente y se te medio pasa. Así era Pau con sus teorías, y tengo que decir que alguna vez sí que la he puesto en práctica y ha funcionado. No todas las teorías locas son mentira.

No me costó avisar a mis amigos de mi ciudad de que lo habíamos dejado. Todos entendieron que la distancia es muy jodida y que, aunque dos personas se quieran, es muy difícil que funcione. A la familia siempre es más durillo decírselo porque hacen preguntas incómodas y hay veces que no nos sale hablar de lo que sentimos. Les hice un pequeño resumen para que no me preguntaran nada más y desconecté el móvil durante unas horas para salirme del bombardeo de información. Hay un punto de morbo y otro punto de saber qué pasó, por si nos pasa a nosotros alguna vez esa circunstancia de tener que dejar una relación de esta forma. Siempre queremos estar preparados para todo lo que nos pueda pasar. Se me asemeja mucho a cuando nos vamos de viaje y, si alguien ya fue antes, preguntamos toda la información posible: sobre el lugar, cómo llegar a los sitios de interés, qué tal es el ambiente... De todo, porque queremos estar preparados para lo que nos pase. Y por mucho que nos cueste, nadie te prepara para estar allí, para vivir el momento, para saber cómo afrontarlo ni saber qué decir.

Me costó mucho más decírselo a Ana. Teníamos la cena pendiente dentro de dos días y no quería contárselo y que pareciera que ya me estaba «ofreciendo» o poniéndome un cartel de «ojalá fueras la siguiente» en la cara. No quería eso porque no tenía ni idea de lo que quería, pero tenía que descubrirlo, tenía que descubrir qué quería. Estaba confuso. Igual solo me había hecho una idea de ella en la cabeza, porque de algún modo ya sabía dentro de mí que Sofía y yo lo íbamos a dejar y ya me estaba fijando en las demás personas. Ese momento en el que dejas de ver solo a una persona con los ojos que tienes, de mirarla fijamente, de que siempre sea ella en todos tus pensamientos y, de repente, miras a los lados y hay muchísimas personas que te pueden aportar mil cosas, mil momentos, mil sentimientos. Pero, cuando estamos enamorados, solo tenemos la mente y los ojos en esa persona; cuando empieza a ir mal, se levanta la niebla y empiezas a fijarte en los demás.

Pero tenía que decírselo. Quedamos la tarde del día de la cena y lo primero que dijo fue:

—Últimamente, desde que te diste la leche corriendo, estás apagado, ¿eh? ¿Qué te pasa? —Supongo que se habría dado cuenta porque, aunque no estuviera mal, sí estaba algo más taciturno de lo normal. Me gustaba que se hubiera dado cuenta de ello, la verdad. Pensaba en mí cuando yo no estaba, como yo en ella.

—Llevo unos días raros; ¿sabes esos días de romper con todo y recomposición? Pues así estoy, recomponiendo todo poquito a poco. —Y solté una minicarcajada para quitarle hierro a la frase.

—Para recomponerse, primero hay que tener un motivo por el cual romperse, ¿no? ¿Qué pasó? No nos conocemos mucho, pero si quieres podemos hablar, ya lo sabes. —Me estaba dando mucha calma con esa forma que tenía de decir las cosas, entre sonrisas, sin levantar mucho la voz. Tenía una voz que me hacía sentir en casa.

—A ver, hace unos días lo dejé con mi novia porque hacía ya un tiempo que no funcionaba. La distancia es muy complicada, el querer sentir a alguien al lado y no poder hacerlo, el no poder hablar las cosas como antes, no sé, como que enfría todo. Os empezáis a hablar menos y al final parecéis un poco dos extraños con la obligación de hablaros, pero sin hablar de nada. —Solté todo de la mejor manera que me salió para ver si podía hacer que me entendiera.

—Totalmente, y al final, si alguien no te va sumando todos los días, no merece la pena, ¿no? —Me había entendido a la perfección.

—Yo creo que no. Antes de hacernos daño, es mejor dejarse, que no pasa nada, y cada uno que viva su vida de la mejor manera posible. Yo siempre le voy a tener cariño; no acabamos mal ni nada, simplemente no funcionó, y por lo menos no tardamos meses y meses en darnos cuenta ni seguimos en una relación sin amor que no nos estaba aportando nada el uno al otro. —Qué fácil era hablar con Ana, porque, aunque no se pusiera siempre de tu parte, te daba una perspectiva diferente de la situación, y eso, cuando estás agobiado, se agradece.

—Hiciste bien. Ahora no te rayes más, y a disfrutar. Nada de tristezas hoy, ¿eh?, que es mi cena, y tienes que estar bien para poder decirme lo mal que cocino y para que no te siente fatal el ron. No me gustan nada los borrachos tristes, estás avisadísimo. —Y se rio mientras entraba en el supermercado.

Empezó a soltar veinte mil ideas sobre lo que iba hacer o sobre lo que quería hacer, pero yo, que tengo un gusto fatal para la comida, se las tiraba todas por la borda.

—Joder, tío, es que no te gusta nada —dijo riéndose—. Mejor dime algo que te guste y me adapto. Yo, que te quería hacer algo en condiciones, y tú parece que solo comes pizza, hamburguesas, pasta... Así no vas a crecer más, y no eres muy alto —me dijo para picarme.

—Coge lo que quieras —le dije haciéndome el falso indignado—. No te digo nada más; tú haz lo que te apetezca, que yo me lo como. —Y me retiré un poco hacia atrás para ver si venía. Pero no vino, siguió a su rollo. Y me gustó más que si hubiera venido detrás.

—Sí, voy a hacer lo que yo quiera, te aviso. Si no, te coges cualquier mierda insana por si te quedas con hambre, pero ten cuidado: el ron sube mucho con el estómago vacío —me dijo mientras se alejaba un par de pasillos.

—También sube con el estómago lleno, ¿eh?; no te vas a salvar. —Ana me gustaba así, por independiente, por divertida, por hacer siempre lo que sentía y quería. No hacía las cosas pensando en si me iban a sentar bien o mal, y menos mal. Las hacía porque sentía que tenía que hacerlas, y esa forma de ser tan real me encantaba.

Estuvimos un rato más comprando. Por lo que pude ver, llevábamos pollo; limón; espinacas; especias en cantidad; patatas; dos botellas, al final, de ron; una botella de Jäger para chupitos (se empeñó en que igual me hacía falta: si en algún momento de la noche me ponía triste, esto me iba a alegar); gominolas; e ingredientes para hacer un bizcocho de chocolate, pero ya no me había fijado en ellos.

—¿Todo lo que sobre te lo llevas a casa o qué? —le dije mientras cargábamos con las bolsas.

—Es que tengo muchas ideas y no sé a cuánto nos dará tiempo, pero, mira, lo que sobre te lo quedas, que estoy segura de que no tienes nada de nada: dos pizzas para hacer al horno, salchichas, kétchup, igual algo de fiambre y poco más. —Casi acierta, también tenía alguna hamburguesa que me había sobrado del día anterior y un paquete de pasta.

—Estás muy equivocada…, pero piensa lo que quieras, yo nunca te voy a hacer cambiar de opinión. —Hay frases que dices en el pasado o el presente y que entiendes de verdad en el futuro.

—No podrías. Soy muy cabezona. —Se rio, tocándose un poco la cabeza con los nudillos.

En el camino a casa, que estaba a ocho minutos, seguimos con las bromas, con intentar ponernos la zancadilla el uno al otro. La acusé de que ella había sido la que me había tirado el día que fuimos a correr, por no saber perder y no querer que yo ganara la apuesta. Me dio la razón como a los locos y dijo que, si de verdad no hubiera querido que ganara, me hubiera matado o herido de gravedad. Tenía ese sentido del humor que enmascaraba la verdad de una manera que me encantaba, pero yo ya sabía que no había manera de que perdiéramos ninguno de los dos. Los dos buscábamos ese ratito a solas, esa cena para conocernos mejor, porque no es lo mismo conocer a alguien a través de mensajes que a la cara, a solas. Somos muy diferentes cuando estamos solos a como somos cuando hay gente a nuestro alrededor. Para mí, lo bonito siempre fue encontrar a alguien que pudiera ser totalmente como era ella conmigo, pero también con mis amigos. Yo quería gente cerca, siempre que no cambiaran dependiendo de con quién estaban; que pudieran ser ellos mismos, con sus cosas, sus taras, sus idas de olla, pero, al fin y al cabo, nunca cortar las alas a nadie. Entender a una persona de verdad por cómo es, por cómo es contigo, pero sobre todo por cómo trata a los demás, a las personas que no conoce, eso también es muy importante. He escuchado alguna vez eso de que «ves a la gente de verdad en la manera en que trata a los camareros», y, desde que lo escuché, me he fijado un montón de tardes y noches en las personas que tenía alrededor. Y los que no me tenían buena pinta ya, como que eran un poco más sobrados, como tratando a la gente de «me tienes que servir y punto», con impaciencia, con el no saber tratar a alguien. Y los demás, superamables y educados en la mayoría de los casos.

Ana era majísima con todo el mundo. Era directa, pero muy dulce. No tenía miedo de decir las cosas, incluso a veces podría herirte un poco por la manera que tenía de hablar. Pero era sincera, era de verdad, decía lo que sentía, y, cuando alguien dice lo que siente, pocas veces puedes reprocharle nada.

Subíamos a casa entre risas y tonterías y, no sé, me gustaba esa forma de llegar. Siempre soy muy de imaginar futuros en cualquier momento, pero me veía haciéndolo más veces: por las noches, después de una fiesta; por la tardes, después de dar un paseo. Soy imposible, siempre idealizo los momentos, se me da muy mal distinguir lo que puede pasar de lo que está pasando o va a pasar. Pero, bueno, hay que disfrutar de las sensaciones, que también nos dan vida y sirven para alegrarnos, y eso era lo que necesitaba en ese momento.

NECESITABA UNA NOCHE EN QUE EL MUNDO NO EXISTIERA, PERO EN LA QUE NO ME DEJARAN SOLO.

CAPÍTULO 8

Tenía las bolsas de la basura todavía en el rellano de la puerta y cuando fui a sacarlas me acorde de todas esas veces que entramos por esa puerta Ana y yo: por las mañanas, por las tardes, por las noches. Y cómo se escandalizaba del desastre que era cada vez que entraba.

Cuando pasamos el umbral de la puerta para empezar a cocinar, nada más entrar ya soltó un «Joder, qué desastre eres; tienes todo desordenado». Yo me encogí de hombros e hice como si no hubiera dicho nada. Colocamos las compras en sus respectivos sitios y fuimos al sofá a bebernos un par de cervezas.

—Tienes que ayudarme, ¿eh?, no te creas que voy a ser la cocinerita para ti mientras estás pasmando sin hacer nada —me dijo dándome toquecitos en el pecho, entre indignada y graciosa.

—Que sí, que prometo ayudar —respondí mirando para otro lado, como haciéndome el tonto.

—Oye, que te lo digo de verdad, y no intentes boicotearme la cena. Eres capaz de todo por dejarme mal… Yo sé que eres malo, se te nota. —Me reí por su afirmación.

—¿Que yo soy malo? Estoy seguro de que, si tú y yo estuviéramos en una relación, juntos, tú serías la mala. —Me salió del alma; una buena defensa siempre es un buen ataque…, creo.

—Ja, ja, ja. Lo primero: ¿quién te dice que yo quiera estar en una relación contigo?; y segundo: tú serías malísimo, y yo la chica buena que te crees que tienes engatusada, pero no. Soy de las que se las sabe todas, aunque parezca que no. —Me dejó un poco desconcertado su afirmación; tampoco quería que pensara que quería algo con ella, al menos por el momento.

—Me devoras con la mirada. Yo sé que tengo un culo bonito, pero, chica, córtate… Me agobié un poco mientras subías las escaleras detrás de mí. —Siempre que me pongo nervioso, recurro a las bromas; es la manera que sé de tranquilizarme.

—Ja, ja, ja, ja. Sí, no podía parar de mirarlo. Mmmm, solo pienso en él, déjame tocártelo. —Se acercó a mi culo y lo apretó. No me lo esperaba para nada—. Bah, me esperaba más de él; va a ser que no eres para tanto.

CAPÍTULO 8

—No soy para tantas —la corregí—. Siempre fui bastante imposible.

—Estás delante de la chica que nunca se rinde, ni con los puzles ni con los desastres. Estás de suerte. —Y se levantó, tocándome la cabeza con cariño mientras se acercaba a la cocina para empezar a preparar la cena.

—Venga, vamos —me llamó.

Pusimos música mientras preparábamos unas pechugas de pollo al limón y espinacas. Le repetí unas diecisiete veces que no iba a comer espinacas, pero ella seguía en sus trece: que al menos las tenía que probar, sí o sí. En su iPod sonaban muchas canciones que habían formado parte de mi vida en algún que otro momento, teníamos un gusto superparecido. Sonaba *Rootless Tree*, de Damien Rice; *Benijo*, de Andrés Suárez; *Todo lo que nunca hice bien*, de Luis Ramiro.

—¿Qué te pasa, Ana? Tú eres como yo, ¿no? Las canciones, que sean de desamor y que te puedas identificar con las letras. —Me reí mientras le daba una caricia en el brazo con el limón.

—Las canciones, cuanto más tristes más me motivan. Te lo digo de verdad, tengo que sentir de verdad lo que dicen, poder ponerme mis historias en la letra de la canción. Si no, me cuesta un montón conectar con ellas. Sé que soy rara, pero hay que quererme. —Y me devolvió la caricia tirándome un trocito de espinaca a la cara.

—Joder, que soy alérgico, ¿estás loca? —le dije muy serio, haciéndome el enfadado.

—Estás de coña. —Y no pude aguantarme la risa por la cara que puso–. Eres gilipollas, no sé qué hago aquí…

—Perdiste una apuesta… —le respondí. Me gustaba esa forma que tenía de decir cosas fuertes como si nada.

—Es verdad, la próxima vez no me dejes apostar. Y ahórrame situaciones así. —Y me dio un toquecito con el trasero mientras ponía el pollo en el horno.

La preparación de la cena se me paso superrápido. Estuvimos hablando un poco de todo: de los festivales a los que habíamos asistido (habíamos coincido en unos cuantos), de lo que queríamos hacer en el futuro, de los planes que tenía ya para el verano, de que iba a ir a surfear a veinte mil sitios. Ana siempre era un no parar: planes, viajes…, no era la típica persona que se queda en el mismo sitio. Tenía esa madurez en el habla, esa madurez que solo te da el conocer mundo, otras culturas, a personas de otros lugares. Y, por supuesto, el saber impregnarte de ellas.

—Luego nos tenemos que sacar una foto, que he traído la cámara. Y me tocas una canción, que tienes la guitarra en la esquina, que la vi cuando entré. No te vas a librar. —Lo de la foto, genial; aunque no era muy fotogénico, me gustaba tener un recuerdo. En cuanto a la canción, me daba bastante vergüenza tocar para los demás, pero, bueno, había que intentarlo.

—Hecho, después de cenar te toco la canción que quieras —le dije mientras ponía la mesa.

—Quiero una tuya. Tiene que ser tuya, ¿eh?, que por WhatsApp me cuentas que te diviertes haciendo canciones. Ahora tienes que tocarme una. —Ya me daba un poco más de vergüenza, pero teníamos ron, y después de dos copas nada es imposible.

—Vale, pero tú tendrás que hacer algo también... Yo poso en la foto, te toco una canción..., ¡y tú, nada! —le respondí.

—Ya veremos. ¡A cenar! —Siempre sabía cómo escaquearse para no contestar.

Cenamos entre risas y confesiones, hablamos de relaciones anteriores y llegamos a la conclusión de que siempre, pasara lo que pasara, teníamos que seguir siendo lo primero para nosotros mismos. Ella lo había dejado con un chico al principio del verano pasado porque no aguantaba que quisiera ir de viaje, ver mundo, y que no pasara el verano con él. No entiendo cómo alguien te puede intentar privar de algo que te gusta, que es tu pasión, queriendo tenerte al lado. Como si fueras su trofeo, como si no tuvieras una vida además del tiempo que compartes con esa persona.

NO PUEDO ENTENDER A LAS PERSONAS QUE NO DEJAN SOÑAR A LOS DEMÁS PORQUE TIENEN FALTA DE SUEÑOS.

Que tú no quieras hacer algo cuando tienes la posibilidad no implica que yo, que puedo hacer lo que quiera, me tenga que privar de hacerlo porque no vamos a estar juntos uno o dos meses.

SI DOS PERSONAS SE QUIEREN, SE DEJAN VOLAR, SE DEJAN IRSE Y SE DEJAN VOLVER.

Es la única forma de tener algo de verdad, algo que funcione, que a los dos los pueda llegar a completar y que les sume algo cada día.

Estábamos de acuerdo en muchas cosas, pero, cuando no, nos enzarzábamos en discusiones por tener la razón. Pero casi siempre por cosas poco importantes. Ella decía que le encantaba releer los libros, ver las películas dos veces seguidas, y las series, igual. Yo no podía creérmelo, le explicaba que, si ya has leído algo una vez o has visto una peli una primera vez, si la vuelves a ver ya de seguido vas a perder toda la magia de esa primera impresión, eso que se te queda ahí dentro y que es más subjetivo que objetivo. Ella lo comparaba con cuando te gustaba alguien de verdad y la primera vez iba genial; ella quería repetir para saber si esa sensación era real o no era real. No quería algo subjetivo; quería la objetividad de saber si sentías cosas de cabeza o de corazón. Yo entendía su parte, pero no me parecía la forma de comparar las dos cosas.

Después de un par de asaltos más, de acabar la cena y la mitad de la primera botella de ron, me pidió que le cantara.

—Por favor, ya hemos discutido, nos hemos elogiado, hemos estado a punto de pegarnos (porque a mí no me gustan nada los perros, y a ella le encantaban); tienes que cantarme ya.

—A ver, ¿qué quieres que te cante? —le contesté mientras cogía la guitarra y me disponía a afinarla.

—Sorpréndeme. Parece que me estás empezando a conocer, a ver si aciertas. Pero primero vamos a sacarnos una foto. —Y se acomodó en el sofá, sacó su Polaroid y nos hicimos una foto que rápidamente guardó.

Hacía unos días que había compuesto una canción. Era de desamor. Sobre que tú sigues queriendo a alguien, pero que no funciona y tienes que separarte, sí o sí, de esa persona. Muy de lo que me pasó con Sofía… Todo acaba inspirando. Ya lo decía Lechowsky: «Donde duele, inspira». Era muy del estilo de Ana, así que quizás acertaba.

Le pegamos un par de tragos más a las copas, para «aclarar la voz», en mi caso, pero más bien para dejar de estar nervioso. La tenía al lado y temblaba, ya no sabía qué sentir, pero no quería dejar de hacerlo.

Empecé a cantar las primeras estrofas leyéndolas en la partitura que tenía. Mientras, ella leía la letra por encima de mi hombro. «Quieres volver... Es la pregunta que nunca te haré»... Empecé con la voz tímida, sintiendo su respiración en la nuca, pero pronto el mundo se paró. Sabía que ella estaba detrás prestándome toda su atención, y yo la sentía a ella, y sentía cada palabra de la canción, y la solté del tirón.

¿Quieres volver? Es la pregunta que nunca te haré.
¿Qué será de ti sin mí? Supongo: más guapa y algo más feliz.
Que yo lo elegí por ti; tú, futuros con otros y desastre para mí.
Y ahora me toca sobrevivir a otras seis vidas sin ti.

Porque soy un puto desastre, y no puedo rozarte más.
Que prefiero dispararme a que tú lo pases mal.
Que prefiero no mirarte a que acabemos fatal.
Que prefiero estar distante a que tú vuelvas a llorar.
Que yo te quiero bastante, para saberme apartar.

Que yo te quiero bastante, pero no siempre es suficiente, a veces las ganas hacen el efecto inverso.

CAPÍTULO 8

A veces nos dolemos, cuando solo nos queremos querer, a veces no es cierto el siempre donde estés.

Que yo también quise una vida a tu lado, pero me conformé con diez min contigo acostado.

Porque soy un puto desastre, y no puedo rozarte más.
Que prefiero dispararme a que tú lo pases mal.
Que prefiero no mirarte a que acabemos fatal.
Que prefiero estar distante a que tú vuelvas a llorar.
Que yo te quiero bastante, para saberme apartar...

Y en el último *apartar* me giré para mirarla a los ojos, y los tenía encharcados. Sus pequeños ojos de hielo parecía que se habían derretido un poco, que había sentido de verdad la canción como lo había hecho yo. No podía estar más contento.

—¿Te gustó entonces? —le dije mientras la abrazaba.

—Joder, no sé ni que decirte. La quiero grabada, la quiero para mí. Increíble, de verdad. No sé si es el ron, que me hace sentir mucho más, o qué, pero hacía tiempo que no me sentía así. —Me reí, sin soltarla.

—No soy muy buen cantante, pero las letras no se me dan mal del todo. Y cuando tengo que soltar algo, lo suelto, dejo que salga. Es la única manera que sé de afrontarlo, y de ser sincero conmigo mismo —le dije mientras me volvía a poner enfrente de ella, dando un trago de su copa.

—Gracias por compartirlo conmigo, gracias de verdad.

Bebimos un poco más y seguimos cantando canciones que buscábamos en el ordenador. Desde *Amor fatal*, de Phineas y Ferb, a *All I Want*, de Kodaline, pasando por *Y si amanece por fin*, de Sabina. Cada vez estábamos más juntos, más pegados. Había una conexión especial, pero nadie quería que acabara, o dar el siguiente paso, por miedo a que saliera mal. Eran las cuatro de la mañana y miró el móvil.

—Creo que me voy a empezar a ir —dijo mientras se levantaba sin ganas e iba a por su abrigo.

—NO QUIERO QUE TE VAYAS.

—Le agarré la mano con cuidado, atrayéndola hacia mí.

—NO QUIERO IRME.

—Me miró a los ojos y nos besamos.

Caímos en cascada hacia el sofá, en un huracán de besos y caricias. De «tenías que haberlo hecho antes», y querernos más de lo que se podía querer en un momento. A partir de ahí, las palabras escasearon. El universo se convirtió en ella, y no quería estar en ningún otro momento. Fuimos atropellándonos hasta el dormitorio y nos desvestimos torpe y aceleradamente. Lo queríamos todo, y lo queríamos ya. Se puso encima de mí y apagó la luz.

«YA ME VISTE, AHORA IMAGÍNAME».

Y solo quería no olvidarme nunca de esa frase, ni de ese momento.

CAPÍTULO 9

La mañana nos incendió las sábanas. Tenía los labios cortados de todos los besos que nos dimos, la boca pastosa de todo el ron que bebimos, y a Ana encima como si fuera el único mundo en el que vivo.

A VECES SOLO NECESITAMOS UNA NOCHE PARA SABER QUE QUEREMOS REPETIR,

o que no queremos que acabe, o, por lo menos, como mínimo, que no la queremos olvidar. Tenía que darle la razón por su razonamiento de ayer: quería más, me había gustado y no quería quedarme solo con esa sensación en la cabeza; quería saber a dónde más podíamos llegar.

—Ganas por las mañanas —me susurró mientras se ponía frente a mí.

—Tú nunca pierdes por las noches, y eres la más guapa con poca luz y con mucha —intenté contestarle.

—Odio despertarme de resaca; casi me obliga a perder el día aguantándola. —Y se puso una mano en la cara, como excusándose.

—Gracias por quedarte —le dije con timidez.

—Gracias por quitarme toda la manta todo el rato. —Y se echó a reír, dándome con la almohada.

Nos levantamos y fuimos a desayunar algo. Nos habíamos dado un par de besos, pero no como los de anoche. La conversación fluía normal, con nuestras tonterías de siempre, y no volvimos a tocar el tema de lo que había pasado, ni de a ver si pasaba más. Me echaba la culpa de broma todo el rato, de que la había hecho perder todo el día porque la había emborrachado a traición, y ahora tenía esa resaca tan horrible. Le dije que siempre había sido mi plan emborracharla para que se quedara a dormir, pero se rio y cambiamos de tema.

Salió por la puerta con un beso de despedida, pero nada más. Un simple «ya hablamos», y un «gracias por la noche».

Igual no había sentido lo mismo que yo, igual no lo había vivido como yo. Tal vez solo pensara que la había utilizado para olvidar a Sofía..., no sé. Yo no me sentía así. Ana me gustaba, y lo que había pasado no tenía nada que ver con borrar el pasado ni con rehacer el presente ni nada. Se trataba de ella y de mí, de la electricidad del momento, de la chispa que creo que teníamos juntos.

CAPÍTULO 9

A VECES, LAS MAÑANAS SOLO SON LAS MAÑANAS DE LOS DÍAS SIGUIENTES, Y LAS NOCHES SIGUEN SIENDO AYER.

Como dice Sabina: «Y ya no era ayer, sino mañana». Quizás hoy era ya mañana, ya lo habíamos disfrutado, y punto. Seguiríamos como amigos; quizás haríamos como que no pasó nada, e igual nos liaríamos alguna noche de borrachera. Solo eso, follamigos de borrachera. Tal vez era lo mejor. Yo acababa de salir de la relación y ella era una viajera del mundo. No coincidiríamos mucho nunca, ni en el mismo sitio ni en el mismo lugar, y muy difícilmente en el mismo momento.

Vida solo hay una, tocaba disfrutar. Ya no más romperse la cabeza con lo que podría haber sido, ni siquiera con lo que es. Lo importante es ahora, y ahora estaba solo en casa. Esa era la definición total de mi vida.

Los días siguientes fueron un intercambio frío de mensajes de Ana y míos. No sabía qué había hecho mal, pero algo había pasado. Tenía miedo a preguntar, porque seguramente debería saberlo. Pero todo seguía. Cada vez estaba más integrado en la ciudad. Salía con Pau y los demás a tomar algo, a jugar al fútbol, y me iban enseñando, poco a poco, todo. Había conocido en clase a un par de compañeros y compañeras, también, que me hacían todo mucho más fácil. Parecía que todo iba más o menos bien. Parecía.

Un par de días después, mi madre me llamó. Desde que estaba allí, hablaba poco con ellos, porque al fin y al cabo quería escapar un poco de todo lo que me invadía cuando estaba en casa. La verdad es que mi padre estaba enfermo, tenía principio de alzhéimer, se olvidaba de las cosas, estaba ausente. Y ya le llevaba unos cuantos años afectando; sobre todo, afectándole al carácter. Cuando era pequeño, me acuerdo jugando con él. Me llevaba a la playa, al parque…, pero, desde que empezó todo, todo cambió. No lo reconocía. Me dolía mucho porque sabía que tenía que estar más con él, que me necesitaba, aunque él nos intentara alejar cada vez más, contestándonos peor y con peor temperamento. Yo entendía que, seguramente, para él tampoco era fácil, y que se sentía mal consigo mismo. Pero, cuando estábamos cerca de él, nos quemaba mucho, y no podíamos. Por lo menos yo; mi madre siempre supo llevarlo mejor, y tratarlo, pero yo ya casi no tenía una relación estrecha con él. Y sabía que todo este tiempo perdido, cuando se fuera, podría echarlo de menos.

—¿Qué tal todo, mamá? —le pregunté mientras ordenaba un poco la casa.

—Bueno, todo más o menos como siempre, echándote de menos, hijo —me dijo con la voz un poco apagada.

—¿Qué tal papá? —le dije, aunque sabía lo que me iba a contestar.

CAPÍTULO 9

—Ya sabes, hay días mejores y peores. El otro día se olvidó de dónde había puesto el móvil y estuvimos dos horas buscándolo. Al final, lo tenía en el abrigo. —Eso pasaba mucho.

—Bueno, para la próxima, ya sabes dónde mirar.

—¿Tú qué tal? ¿Qué tal con Sofía, la distancia y eso? —Es verdad, todavía no se lo había contado. No sé por qué estas cosas se nos olvidan, o se las contamos mucho más tarde a la gente que queremos. A lo mejor es el miedo a que se preocupen por nosotros cuando podemos pasarlo perfectamente. O la pereza de dar explicaciones, de qué había pasado, qué sentíamos..., etc. O simplemente no queremos oír consejos de nadie, porque hay pocas personas que nos conozcan mejor que nosotros mismos y sabemos lo que puede o no puede funcionar, por lo que luchar y por lo que no. El momento de irnos y el momento de volver.

—Mamá, lo dejamos hace un par de días, o unas semanas... La distancia es muy complicada y no funcionaba. Yo no me sentía al cien por cien aquí, y ella no lo estaba pasando bien allí, así que esto era lo mejor para los dos. Antes de que digas nada, estoy bien. Lo tenía asumido que iba a pasar. —Lo solté todo para que hubiera menos réplica.

—Bueno, si tú estás bien y feliz, pues nada. Me caía bien Sofía, pero todo pasa por algo. —Me pareció más corta su respuesta de lo esperado, pero mejor así—. Hijo, llámanos más, ¿vale? Tengo que ir a hacer unos recados, así que te dejo. Disfrútalo y cuídate, por favor.

—Lo haré, mamá; un beso.

—Te quiero, hijo.

—Y yo.

Ya estaba, entonces; ya se había enterado mi madre, y si se había enterado mi madre se enteraría toda mi familia. Era lo mejor, poner las cosas en su sitio totalmente. Las relaciones que se rompen una vez son muy difíciles de volver a arreglar porque siempre van a quedar dentro los reproches de por qué se rompió, de que uno luchó más que el otro, que uno quiso más, que el otro quería otras cosas. Es complicado, mejor cortar por lo sano.

Estaba dando vueltas por casa y, debajo de la entrada, en un lado, había un pequeño sobre que no había visto cuando entré. Lo cogí y lo abrí, era la foto que Ana y yo nos habíamos sacado durante la cena, cuando estábamos cantando. Y venía dedicada por detrás:

«ESPERO QUE NO FUERA UNA NOCHE MÁS PARA TI, PORQUE NO SOY UNA CHICA PARA UNA NOCHE, SOY CHICA PARA TODAS LAS NOCHES.

CAPÍTULO 9

Aunque sé que no eres de repetir..., pero ojalá lo fueras. Ana».

No sabía qué me quería decir con esto. Estaba desconcertado. ¿Cómo que no quería repetir? Si no había hecho nada más que pensar en ello desde esa noche. Seguro que dije algo sin darme cuenta que le pudiera dar esa impresión. A veces, cuando estaba nervioso, hablaba mucho, y llegaba un momento en que ni sabía ya qué estaba diciendo. Tenía que ser eso: la cagué y ya no iba a querer verme.

Le escribí un mensaje de inmediato. Siempre supe decir las cosas mucho mejor por escrito que por teléfono...:

«Ana, me llegó la foto. Sé perfectamente que no eres chica de una noche. Y a mí me bastó con esa para saber que quería pasar más contigo. No sé si dije algo que no diera esa impresión, pero es así totalmente. Mil gracias por la foto: me encanta».

A los pocos minutos me contestó:

«Es que no sé si lo hiciste porque te gusto, por olvidar a tu ex, porque ibas borracho... A veces es difícil saber lo que piensan los demás. ¿Seguro que te gustaría repetir?».

Le respondí al momento:

«Me encantaría, de verdad. Joder, si fuiste una de las mejores noches de toda mi vida. ¿Esta noche, sales? Yo he quedado con Pau y estos, pero en cualquier momento me puedo escapar».

Estaba impaciente por saber qué contestaba, pero no respondía... Pasaron cinco, diez, quince minutos..., y nada. Hasta que:

«Lo siento, ¡estaba en la ducha! Sí, nosotras también bajamos con ellos, así que ya nos vemos de noche y ya vemos qué pasa. :D».

Le dije enseguida:

«Genial, qué ganas».

Estuvimos hablando un rato más, con los vaciles de siempre, hasta que me despedí para irme a dormir la siesta. Llevaba un par de días durmiendo poco, por madrugar para ir a las clases, y siempre me quedaba trasnochando por cualquier tontería que me apareciera en las redes sociales.

Esto demostraba que cuando se tienen dudas hay que hablar y hay que despejarlas, que nunca se sabe lo que piensan las otras personas, que todos dudamos y no sabemos qué hacer en algún momento. Ana, con lo echada para adelante que es, y con su valentía, había esperado tantos días para decirme eso... A veces nos complicamos porque queremos.

Esa noche aprendí que las noches que más esperas a veces se tuercen; que ir sin expectativas es como mejor salen los planes; que, en cualquier momento, cualquier cosa puede pasar. Tengo la foto en la mano tantos meses después y me dispongo a guardarla en un libro. No se corrió nada la tinta y no deja de recordarme que no es el tiempo que dure algo lo importante. Es la intensidad con la que vivimos los momentos lo que los hace especiales e inolvidables. No todo tiene que ser todo el tiempo para que sea especial; confundimos aprovechar el tiempo con dedicar mucho tiempo. Y no es lo mismo: podemos dedicar mucho tiempo y acabar aburriéndonos y olvidando todas esas horas, días o años con esa persona. En cambio, hay alguna noche o alguna tarde con una persona especial que nunca se olvidan, que lo poquito que duró te marca y que te gustaría repetirlo una vez más, aunque sin que perdiera la esencia. Siempre fuimos muy complicados en esto de querer a los demás, sobre todo en esto de querer bien. Y no siempre se puede.

De lo que más me arrepiento de esa noche es de haber elegido mi camisa favorita, para vestirla, y de no haber estado más atento a nuestro alrededor, pero no se puede tener todo controlado siempre. Lo que pasa, pasa, y no podemos cambiarlo.

CAPÍTULO 10

Todavía recuerdo esa noche. Recordamos más los momentos en que pasó algo, aunque fueran malos, que los días felices y tranquilos. Tenemos memoria selectiva, sobre todo por las noches. Te pueden presentar a cuarenta personas, que al final solo acabas recordando a una, para bien o para mal. Nos acordamos de lo que nos interesa y de quien nos interesa. Supongo que intentamos no perder el tiempo con personas que creemos que nos lo harían perder, que no valdría la pena, que siempre sería un no.

Es raro cómo a veces nos fijamos en lo que no debemos, cómo una palabra puede cambiarlo todo, cómo hay situaciones que no podemos cambiar.

Había quedado con Pau y los chicos para ir a tomar algo y cenar antes de salir de noche. Yo ya solo pensaba en el momento de irme con Ana a casa. Puede que alguna vez nos aceleremos y no disfrutemos del momento en que estamos por estar pensando en los siguientes. Es como en el fútbol: no puedes ir a marcar el tercer gol antes de marcar el segundo.

A VECES NO DISFRUTAMOS DE LO QUE ESTAMOS VIVIENDO POR QUERER VIVIR COSAS FUTURAS, QUE YA SABEMOS QUE VAN A PASAR, AUNQUE NO SABEMOS CÓMO.

Y yo podía estar disfrutando de una conversación entre amigos, pero casi no estaba prestando atención, y miraba el reloj, y quería que pasara rápido el tiempo.

Estábamos en una de esas megatabernas donde te llevan litros de cerveza y sangría a las mesas y te lo sirves tú. En mi ciudad no había este tipo de locales tan grandes, con tantísima gente, pero había muy buen ambiente, y entre la sangría, que te sube sin que te des cuenta, y los demás, que también estaban motivados, me empecé a motivar yo también.

Había un chico del grupo que se llamaba Tomás. Era el mítico de la pandilla que se metía en todas, se metía con todas y se las llevaba a casi todas. No me caía nada bien; tenía fama de ser un ligón y todo lo que tú quieras.

PERO NUNCA FUE LA CANTIDAD DE PERSONAS

CAPÍTULO 10

QUE TE LLEVAS CONTIGO; ES LA CANTIDAD DE PERSONAS QUE SE QUEDEN CONTIGO.

Los que se queden cuando lo necesites, y no los que te rían las gracias, o, en este caso, las chicas que se lleve a casa. Estaban mirando a un grupo de chicas y el decidió ir a hablar con ellas.

—¿Qué nos apostamos a que esta noche me voy con la morena? —Lo decía de esa forma en que parece que no habla de una persona, sino de un trofeo. Y era realmente lamentable. Odiaba que hablara de una mujer de esa forma.

—Inténtalo, ya verás. Se llama Beca, pero está muy loca. Anda en movidas un poco turbias, no sé si te compensará —respondió Ra, uno de los amigos de Pau.

—Mejor, cuanto más loca, menos me aburriré, y más me durará —soltó con una sonrisa de superioridad asquerosa.

Se fue a la mesa de Beca y se sentó al lado. Lo miraron con mala cara al principio, pero pronto soltaron todas una carcajada, y ya se las había ganado. Tomás no era un tío superguapo ni nada por el estilo, pero era alto y tenía buena planta, y sobre todo sabía hablar. Tenía esa labia que hacía que pudiera camelarse a casi cualquier chica que quisiera distraerse un poco. Pero luego nunca las trataba bien. Me habían comentado que había tenido como tres o cuatro novias, y que a todas les ponía los cuernos casi cada noche que salía. No le importaba nada, solo le importaba él mismo, lo que él quería y punto. Comentaban que desaparecía casi todas las noches cuando le apetecía, que los dejaba tirados en cualquier momento, que él era así. Siempre había sido igual; entonces, ellos ya no se esperaban nada de él. Era amigo suyo de toda la vida y tenían como esa pequeña dependencia de no poder dejar a nadie del pasado atrás, por muchas cosas malas que hiciera. Porque luego contaba todo como si fueran sus batallitas, sus anécdotas, como si quisiera un reconocimiento por hacer todas las putadas que hacía. Una de tantas veces en las que Tomás *tenía* novia, salió de fiesta con todos y se fue con una chica que había conocido en la discoteca a las siete de la mañana en coche a otra ciudad, y pasaron el fin de semana juntos. La novia, loca, buscándolo y preguntando por él...

Y es que a veces es muy complicado darse cuenta de que alguien nos está fallando cuando no lo queremos ver. Tomás nunca se escondía, lo hacía a la vista de todos, todo el mundo lo sabía y a ellas les llegaban informaciones sobre que les había puesto los cuernos. Pero nunca lo querían creer, las tenía obsesionadas, cameladas, era lo peor que había visto nunca. Y, por mucho que todo el mundo le recriminaba por hacerlo, él seguía igual.

CAPÍTULO 10

Llegó a la mesa y dijo que las chicas se venían con nosotros. Así que nos dispusimos a irnos. Llamamos al grupo de Ana para que fueran al local que íbamos a ir y ellas ya estaban de camino. Por fin iba a cambiar un poco la noche, o eso me esperaba…

Llegamos al local y ellas ya estaban. Fui directo a por Ana, pero no sabía muy bien si saludarla normal, con un beso… Al final, nos dimos un abrazo y un pequeño beso en la comisura de los labios. Y empezamos a beber y a bailar con los demás. Esa noche habíamos ido a un local en el que ponían música, por así decirlo, «algo antigua». Ponían a los grupos que nos habían gustado en la infancia, como Pereza, Pignoise, M-Clan, Melendi (con las canciones viejas), Estopa. No era un pub, por así decirlo; era un sitio para saltar, cantar y eso, disfrutar de la nostalgia. A mí me gustaban mucho más los sitios así que los de música tecno o de electro latino, que no me disgustaban tampoco, pero era diferente. Aquí se podía charlar más, que era más lo mío.

Ana y yo estábamos siempre en los mismos grupitos cuando nos fuimos dividiendo, ya que entre ellas y nosotros, más el grupo de las chicas de Beca, éramos unos veinticinco, así que siempre nos separábamos en corros más pequeños.

—Me gusta estar así contigo —me dijo Ana mientras bailábamos.

—Así, ¿cómo? —respondí dándole un beso en la cabeza.

—No sé, así, bailando, hablando, cantando... Pensé que nos iba a costar más disfrutar de nosotros dos estando con otros, pero parece que no. Al final vamos a complementarnos mejor de lo que pensaba. —La apreté un poco más contra mí.

—CUANDO NOS DEJAMOS LLEVAR Y PENSAMOS MENOS, TODO ES MÁS FÁCIL. Ahora es el momento de hacer algún plan —dije mientras me empezaba a motivar, y ya notaba dentro la sangría y la copa que llevaba.

—¿Algún plan? ¿Qué propones, a ver? —Y me empezó a mirar a los ojos con ese brillo de cuando estás interesado en saber el qué.

—Me propongo como compañero para tu próximo viaje a donde sea. —Me salió de dentro, porque ya lo había estado pensando estos días. Quería hacer cosas con ella y compartir su pasión.

—Trato echo, pero no pienso decir ni a dónde ni cuándo; vas a tener que estar preparado. —Me encantaba la idea; ella era así, atrevida y decidida.

CAPÍTULO 10

—Lo sellamos con un beso, ¿no? —Me dio uno de esos besos que te dan ganas de más, de no querer que acabe la noche, de disfrutar de todo lo que nos rodea al máximo.

Era feliz. Bailaba con una chica que me iba a llevar por el mundo, estaba encontrándome a mí mismo en ese viaje, tenía claro que esto era vivir el momento, y lo estaba haciendo.

Pero hay veces que si se tiene que torcer… se tuerce.

Empezamos a ver empujones. Tomás y Pau estaban como discutiendo con unos chicos. Le dije a Ana que se echara para atrás y di un paso al frente con ellos.

—¿Qué pasó? Tranquilos, que estamos para pasarlo bien, joder —dije poniéndome en el medio. Tengo esa tonta forma de ponerme en medio de todos los follones para separar y para que no pase nada, como que me atraen cuando pasa algo con mis amigos.

—Mira, tú no te metas, que no tienes nada que ver. A ver si tus amigos aprenden a no tocar a las novias de otros —dijo uno de los chicos que se nos estaban encarando. Luego me enteré de que Tomás se había liado con una chica que había visto llorando en un momento que había ido al baño, pero la cosa es que había estado toda la noche con Beca también.

—Si no sabes cómo tratar a una mujer, a mí no me cuentes tu vida. Ella hizo lo que quiso y yo no la obligué a nada. Háblalo con ella y a mí no rayes —dijo Tomás hinchándose un poquito y sacando pecho, buscando encararse. Yo intentaba separarlo y Pau también estaba echándolo hacía atrás.

—Te voy a dar un bofetón por payaso —le soltó el otro chaval a Tomas.

Pero, de repente, detrás de los otros dos chicos empezó a haber empujones tremendos y dos chicas por los suelos. Avanzamos todos a toda prisa, y eran Beca y la otra chica. Yo, en ese momento, no tenía ni idea de por qué se estaban peleando, pero a partir de ahí empezó la locura. La pelea de las chicas originó que los dos chavales se metieran para sacar a la novia de uno de ellos, pero Tomás también se metió para separar a Beca, y Pau. Entonces se empezaron a empujar entre ellos y volaron los puños, los vasos, las botellas. Todo se desmadró. Yo intentaba separarlos, pero me dieron un puñetazo en el ojo. No había visto ni quién había sido, pero en cuanto divisé a uno de los otros chicos le di otro a él. Odiaba pelearme, pero estaba en una pelea y no podía quedarme con los brazos parados. Seguí defendiéndome como pude entre el huracán de gente y ya no sabía ni que hacía ni dónde estaba. De repente, noté un ardor en la ceja derecha, un golpe seco, y luego llegó la sangre. No sabía quién ni con qué, pero me habían dado un golpe en la cara y estaba sangrando. Miré hacia un lado y uno de los chicos tenía un vaso roto en la mano: me había partido un vaso en la cara. Pronto llegó Pau y le tiro el vaso de las manos de un golpe. Yo no lo pensé y me tiré a por él. Lo lancé por encima de la barra mientras le daba uno, dos, tres puñetazos. Hasta que Pau me sacó de allí.

—Vámonos, joder, que estás sangrando muchísimo, y cálmate un poco. —Me sacó del local y me llevó a una esquina en la calle. Se quitó la camisa y me taponó la herida.

—Si yo estoy muy calmado y no te quiero asustar, pero no veo nada por este ojo; deberías llamar a una ambulancia. —Entre que íbamos un poco bastante alcoholizados y con la tensión de la adrenalina de la pelea, no podía pensar en nada.

En un momento llegaron algunas personas del grupo, y entre ellos llegó Ana, histérica.

—Te voy a matar, te voy a matar —me decía Ana mientras me taponaba la herida.

—Pues ahora lo tendrías relativamente fácil; si me vas a echar la bronca, espérate, por favor, a que venga la ambulancia y me seden del todo —le respondí. Estaba muy nervioso por todo. Empezaron a contar las diferentes versiones de la pelea, de por qué había pasado, qué había pasado, cómo había pasado. Había llegado la policía y ya no podía recordar mucho más de lo que pasó.

Recuerdo haber llegado al hospital, que estaban Ana y algunos más, y poco más. Por «suerte», me habían roto solo la ceja, tenía un corte limpio. Me dieron quince puntos y me llevaron a casa. Ana se quedó conmigo, y entre la anestesia, el alcohol, los nervios..., llegamos y me quedé dormido al momento.

No era la noche que esperaba, y ojalá no hubiera pasado, pero,

AL FINAL, LAS PERSONAS QUE NOS QUIEREN SE QUEDAN CON NOSOTROS EN LAS MALAS Y EN LAS BUENAS.

CAPÍTULO 11

Estaba limpiando y recogiendo el baño y me encontré con el botiquín al que tanto tiempo había estado pegado, tan pegado que cuando lo veía aún me dolía la cara…

Esa mañana me desperté con la cara hinchada, apoyado en el regazo de Ana, que estaba medio erguida en la cama. Me dolía todo el lado de la cara de la herida, lo tenía como medio paralizado entre los puntos, el Betadine y el haber dormido. Lo notaba hinchado, pero no podía verme en el espejo.

—¿Hemos dormido así? —le dije, por la incómoda postura que teníamos para dormir, sobre todo para ella.

—No, solo llevamos así un par de horas. No podías dormir bien, yo ya me había despertado; te coloqué así y te dormiste enseguida. Aun así, estoy muy enfadada, no tenías que haberte metido en la pelea para nada, nunca pasa nada bueno en una pelea, podrías haber perdido el ojo. Estaba asustada, y sabes que no me gustan nada los sustos.

—Lo siento, pero es que estaba Pau ahí y solo quería separarlos; no sabía que se iba a poner todo como se puso. Es todo por culpa del gilipollas de Tomás. Espero coincidir poco con él. —Estaba muy enfadado con Tomás por haber provocado esa situación, aunque fuera indirectamente, aunque él no hubiera tenido la culpa de haberse liado con dos chicas una noche y que ellas dos se hubieran peleado. Y que después se metieran todos los demás en la pelea. Seguramente no tuviera culpa de nada, pero no podía dejar de sentir esa sensación de que él había provocado todo y de que cuando él estaba cerca pasaban cosas malas.

—Él es así, es un follonero. Los problemas le persiguen y él ni siquiera corre para que no lo alcancen. Es su modo de vida. Pero tú te metiste; si te hubieras apartado, a lo mejor hubieras acabado mucho mejor la noche. No quiero ni una pelea más, prométemelo, porque no las aguanto. —Yo también me sentía molesto por que, debido a esa situación de mierda, hubiera acabado la noche así, en un hospital, con todas las ganas y los planes que teníamos de que fuera una noche diferente.

—Te lo prometo, siempre que pueda no me voy a meter en ninguna pelea. Pero, si de repente me empiezan a pegar, tendré que defenderme…, digo yo. —A mí

CAPÍTULO 11

Ana me gustaba mucho, y más por haber pasado toda la noche a mi lado, cuidándome. Pero no iba a prometerle que no me iba a volver a pegar cuando podría pasar en cualquier momento, y sobre todo sin ser por mi culpa. Esas cosas pasan y no se puede hacer nada.

—Vale, por ahora valdrá así. Como vuelva a pasar, ya hablaremos más en serio. A ver, Rocky, ¿qué quieres para desayunar?, que tienes la carita reventada. Por poco te me conviertes en Ojoloco Moody. —Por lo menos lo había medio entendido, y se apiadaba de mí.

—Joder, ¿pero tan mal estoy? —le dije un poco asustado. No sabía si me iba a quedar una marca tremenda en la cara o algo por el estilo.

—No, tranqui. —Se rio—. Dijo el cirujano que casi no te iba a quedar marca, puedes estar tranquilo. Si quieres, me quedo contigo hoy. No tengo nada que hacer, y así descansas un poco, ¿te parece? —¡Pues claro que me apetecía! Me parecía un plan perfecto: domingo de no hacer nada todo el día, viendo pelis y series.

—Perfecto, es lo que necesito. —Y me acurruqué un poco más contra ella.

Nos levantamos al rato, después de una sesión de mimos con mucho cuidado. Ella llevaba una de mis camisetas más largas para estar por casa y llevaba ese moño casual que la hacía estar más guapa que arreglada cualquier sábado de noche. Ana era guapa de verdad, guapa al natural, no necesitaba hacerse nada para que todos se fijaran en ella. Pero a ella eso le daba igual, iba como quería cuando quería, y por eso me gustaba más. Era segura y no le importaba nada lo que pensara el resto.

Nos pusimos una película después de comer, tirados en el sofá: era *Sing Street*. Trataba de un chico que se enamora de una chica algo mayor y, para conquistarla, le propone salir en un videoclip de su banda, porque ella dice que es modelo. Para mí lo tenía todo: una historia muy decente de amor, una banda sonora increíble, y te metía dentro.

—Me está encantando la peli, ¿eh? Buena elección —le dije. Sí soy de esas personas que se emocionan y se implican con lo que están viendo o con lo que están leyendo; se hace parte de mí. Mis emociones cambian según lo que vaya pasando en ellas.

—Ja, ja, ja. A mí también, pero tú estás emocionado. —Y se rio, acariciándome con una mano el pecho. Ella veía que la estaba disfrutando y eso la hacía disfrutarla más. Estábamos conectados.

—Sí, porque yo también haría canciones para ligar con la chica inalcanzable, yo también lucharía por ella, aunque luego me pudiera dar la hostia.

SIEMPRE ES MEJOR LUCHAR QUE QUEDARSE CON LAS GANAS, O ESO PIENSO YO.

—Ana me empezó a mirar muy fijamente.

CAPÍTULO 11

—¿Sabes que ahora vas a tener que hacer canciones para que vuelva, verdad? Ahora no me voy a contentar con cenitas, tardes de sofá o ir a correr y esas cosas. Te lo vas a tener que currar, quiero una canción por lo menos cada mes. —Lo que me pedía parecía mucho, pero, cuando tienes ganas de estar con alguien y de verlo contento, hay que decir que sí cuando se quiere.

—Vale, pero tú vas a tener que hacer también algo para que me quede, ¿no? Yo lo hago para que vuelvas y tú lo haces para que me quede. Me parece superjusto. —No sabía que proponerle, pero algo se me ocurriría estos días.

—Está bien, ¿el qué? —Ana era también un poco impaciente, como yo. Quería saberlo todo ya, así que esto la hacía también estar pendiente y que no perdiera la tensión.

—En cualquier momento te lo diré. Por ahora no… —Lo dije con tono de suspense.

—Qué malo. Vale, pero, como en unas semanas no me lo digas, caducará, y te quedarás solo haciéndome canciones. Incluso, hasta cuando ya no nos veamos más, tendrás que hacer canciones todos los meses de todos los años por la chica que ya no está, pero que quieres que vuelva… —Todo sonaba demasiado dramático cuando Ana se emocionaba.

—Supongo que sería lo justo: la chica inalcanzable escapándose y el chico que no se da por vencido no parando de esperarla... Así es como va a ser todo —dije, entristeciéndome de broma.

—Cállate, imbécil. Disfruta de hoy. —Y me besó con uno de esos besos que se dan para tapar las ideas cuando no quieres que salgan por miedo a que se conviertan en reales. Era verdad que no sabía hacia donde iba esto, pero tampoco quería decir nada que lo estropeara. A veces es mejor no saber y ser que saber y no ser. Dejar que las cosas fluyan y punto, y no perder el tiempo.

PASAMOS TODO EL DÍA Y TODA LA NOCHE JUNTOS, ENTRE RISAS Y ABRAZOS, ENTRE PENSAR SOLO EN EL MOMENTO Y NO DEJARNOS NADA PARA LUEGO.

Pensando que quizás lo único que valía era ser feliz en esa cama, que todo lo demás no existía, que esa noche no había dramas. Recordando cómo se movía todo el domingo entre la ropa tirada, cómo se reía mientras se ponía mi camiseta y cómo le quedaba. Tenía en la mente los ratitos de sofá, callados, en los que éramos casa cuando estábamos abrazados, que nos habíamos encontrado y habíamos planeado una forma de que ella volviera siempre, y yo me quedara. Teníamos el calor y la suerte de estar tumbados al lado, y eso ya no nos lo iba a quitar nadie.

CAPÍTULO 11

ME DESPERTÉ A SU LADO, Y ESO PARA MÍ ERA LA SUERTE: DESPERTARSE AL LADO DE QUIEN QUIERES.

Aunque tengo que decir que la noche fue rara, que los puntos me molestaban y que no soy un buen enfermo. Pero una cosa no quita la otra.

Nos levantamos, desayunamos y ella se fue. Y así acabó la que esperaba que fuera la noche perfecta en el día perfecto. Es verdad eso de que no hay mal que por bien no venga; lo «peor» vino después.

En los días siguientes, que fui al hospital varias veces, me dijeron que los puntos se me habían infectado y que no estaban curándome bien, pero que, como mi médico no era el de esa ciudad, tenía que ir al de mi casa para que me hiciera un seguimiento al menos una semana, con curas diarias, para ver si se curaban ya de una vez. La verdad es que no lo entendí muy bien. Pensaba que podrían atenderme en cualquier sitio, pero parecía que no, que no podían, aunque fuera un simple corte con unos cuantos puntos.

Pues nada, tenía que volver a casa. Era la primera vez que iba para allá desde que me había marchado. Me tocaba una vuelta a la «realidad» cotidiana, pero no sabía que me iba a acabar afectando tanto como lo hizo. Es duro vivir tu propia vida, y, cuando vuelves a la vida hogareña, que sea completamente diferente.

Me dio mucha pena despedirme de Ana, aunque solo fuera una semana. Estábamos viéndonos casi todos los días, afianzando lo nuestro. Ella venía a dormir siempre que podía y, no sé, me encantaba hacer cosas con ella. Salir a tomar algo, pasear, ir a comprar, hacer la comida, ver pelis, leer mientras ella estaba trabajando con el ordenador al lado... Era otro mundo para mí, uno que no quería perder. No quería dudar de nada, porque no tenía dudas, por lo menos allí. Pero ahora me tocaba volver a casa y, seguramente, ver a Sofía, y enfrentarme, por así decirlo, a los sentimientos que igual estando lejos olvidamos, o se esconden dentro. Siempre es mucho más fácil dejar una relación cuando se está lejos porque no corremos el riesgo de ver a esa persona, de, quizás, verla más feliz y sentirnos culpables por no haberlo podido hacer nosotros. O, simplemente, sentimos que aunque se haya acabado la relación, aún quedan cosas dentro: sentimientos, chispa, ganas... No sé, en el avión de vuelta empecé a sentir ya un poco de nervios y de miedo. Entre que odio los aviones y ese miedo a que este pequeño viaje, por muy pequeño que fuera, me cambiara la forma de ver las cosas... Era feliz, no quería que nada lo estropeara. Por fin estaba disfrutando de verdad, sin pensar o preocuparme por nadie, solo pensando en mí. No quería que nadie me dijera lo egoísta que podía o no podía ser esa actitud. También me daba miedo volver a casa y enfrentarme a la enfermedad de mi padre, después de estos meses de casi haberme olvidado de ella, y me dolía que fuera así, pero no podía evitarlo. No podía evitar pensar que igual mi madre estaba hecha polvo y yo no había estado allí, para ella, para ellos, no lo sé. No sabía qué pensar. Solo me quedaba cerrar los ojos y esperar.

Muchas veces nos rompemos la cabeza con situaciones, pensamientos, que no han pasado. Suele doler mucho más lo que nos imaginamos que lo que nos pasa. Lo que nos pasa lo afrontamos y punto, no tenemos otra. Pero lo que imaginamos puede ser un dolor absoluto, porque entra todo…: lo que nos dicen, lo que pensamos para mal, lo que intuimos, lo que hemos visto. A veces, es mejor no pensar: que lleguen los momentos y ya está.

Solo me quedaba esperar hasta llegar a casa, aunque ya no sabía dónde estaba mi hogar de verdad.

CAPÍTULO 12

Llegué para no quedarme. Pretendía estar lo mínimo y volver. Que me miraran los puntos, que me hicieran lo que me tuvieran que hacer y listo. No quería estar más del tiempo necesario. Quería volver ya a la vida que quería.

En cuanto mi madre me vio, me dijo que parecía que era más en las fotos, que menos mal que no me habían dado en el ojo, que me podía haber quedado ciego, que hay que evitar las peleas…, y todas esas cosas que nos dicen las madres cuando se preocupan, que ya sabemos, pero que tienen que volver a decir sí o sí. Yo entiendo que tenga la necesidad de decirlas, tienen que tener un «te lo dije» guardado para cuando nos pase algo; un «yo ya sabía que iba a pasar» o un «es que no se pueden hacer esas cosas o ir a esos sitios». Una de esas advertencias que nos hacen sentir un poco peor y a ellas les quita un poco la responsabilidad, la que siempre se atribuyen por lo que nos pasa.

Mi padre me dijo pocas cosas: que menos mal que estaba bien y que hay que tener más cuidado. Claro que había que tener más cuidado, pero hay cosas que pasan y no puedes hacer nada. No me estaban reprimiendo ni echando la bronca, pero no me gustaba que me dijeran esas cosas. Yo ya sabía de sobra que era una putada lo que me había pasado, que el que había tenido que volver había sido yo, que al que le dolía la cara y no podía dormir era yo. Era mi cara, y claro que tenía miedo de que me hubiera podido quedar sin ojo; claro que sí, no soy tonto. Pero no podía dejar que ese miedo afectara a mis actos de ahora en adelante. No podía dejar de salir con mis amigos, con Ana, por el miedo a que un zumbado se le fuera la olla y me partiera un vaso en la cara, o una botella. Son situaciones que no suelen volver a ocurrir. Esperaba estar ya curado de espanto y que no volviera a pasar. Al menos, por probabilidad. ¿Cuántos vasos te pueden romper en la cabeza en la vida? Esperaba que no más de uno.

Llegamos a casa y me resultó un poco raro volver a mi habitación, colocar el portátil en la mesa y dejarlo encendido. Siempre que estoy en casa tengo el ordenador o la televisión encendidos. Supongo que a ninguno nos gusta sentirnos solos, y es como una falsa sensación de abrigo. La habitación estaba mucho más ordenada de como la había dejado. Mi madre había colocado las últimas prendas de ropa que no me había llevado en sus cajones, y estaba todo ordenado. Me empezaron a llegar mensajes de mis amigos de allí para vernos estos días. No quería mucho jaleo, la verdad, pero tenía que verlos y contarles un poco las novedades, lo que había pasado, y seguir manteniendo el contacto. Quedé con ellos después de cenar para tomar algo y ponerlos al día.

La cena con mis padres fue silenciosa, como casi siempre. Les hablé de la ciudad, de que había hecho amigos; hablamos un poco de Sofía, de que tendría que quedar esos días para verla, y un poco de todo. Les comenté que había quedado para ir a tomar algo con los chicos, y no estuvieron muy de acuerdo.

—No deberías salir con el ojo así —me dijo mi madre con un poco de preocupación.

—Solo voy a ir a tomar algo, a contarles qué tal todo y volver a casa. No vamos ni a beber a muerte ni a volver por la mañana ni nada de ese estilo. De verdad. —No me apetecía mucho salir, pero tampoco me apetecía que me dijeran lo que debía o no debía hacer.

—Que vaya, mujer; tendrá que ver a sus amigos de aquí también, no se va a quedar mucho tiempo —dijo mi padre desinteresadamente mientras le prestaba más atención a la tele.

—Sigo pensando que no deberías, pero allá tú. Como te pase algo en el ojo, ya verás —me dijo mientras yo recogía los platos y los llevaba a la cocina, lo que aproveché para levantarme de la mesa e ir a arreglarme.

Fuimos al bar de siempre, un local que llevaba un amigo nuestro donde podíamos tomar algo tranquilo, comiendo pipas, cacahuetes, maíces... Veíamos allí los partidos cuando los había y tomábamos alguna cerveza o cubata antes de salir.

—¿Qué tal todo por allí, viajero? —me dijo mi amigo Gus—. Ya veo, por ese ojo que tienes, que te recibieron bien. —Y se rieron para quitarle seriedad al asunto.

—Tengo que intentar dejar de salvar a todo el mundo, siempre me pasa lo mismo, me llevo yo todas... —dije como excusándome, buscando el móvil en mi bolsillo. Me estaba hablando Ana.

—La ciudad, los estudios y eso, ¿todo bien, no? ¿Qué tal con lo de Sofía? Al final es normal no poder mantener la chispa tan lejos... —me dijo Gus, mientras los demás prestaban más atención al partido que a la conversación.

Creo que muchas veces pasa que tenemos un grupo grande de amigos y todos somos amigos entre nosotros, pero hay unos que son más amigos entre ellos, que hablan más fluido, que quedan para hacer otras cosas diferentes. No digo que a los otros no les importes, pero es como que os importáis y os preocupáis por el hecho de ser del mismo grupo, es decir, sin ser una amistad superfuerte. Simplemente os lleváis más con unos que con otros, y llega un punto en la vida en la que nadie quiere estar solo y necesita distraerse de la semana, saliendo o haciendo otras cosas, y cada uno tiene sus cosas que hacer, y hay que tirar, por así decirlo, de quien se pueda. Pues así me sentía yo un poco. Mi amigo de verdad, en el que confiaba, era Gus, y los otros tres eran también mis amigos, pero nunca había tenido una conversación realmente de verdad con ellos, nunca. Nos reíamos, lo pasábamos bien juntos, pero simplemente eso.

Y PASABA EL TIEMPO Y DABA IGUAL SI NO NOS HABÍAMOS VISTO O HABLADO DESDE HACÍA EQUIS TIEMPO: SIEMPRE VOLVÍA A SER TODO IGUAL QUE ANTES, Y ESO TAMBIÉN ERA BONITO.

—Todo muy bien, tenéis que venir a hacerme una visita, que tengo el piso y hay espacio para todos. Salimos por allí, os presento a la gente, y así. —La invitación era para todos, y era algo en lo que ya había pensado, pero para más adelante; ahora, que estaba así con Ana, necesitaba tiempo de estar solo para ver qué iba pasando.

—Oh, yo me apunto, y este también —dijo Miguel, uno de mis amigos, señalando a Nes.

Mientras tanto, yo contestaba los mensajes que me estaba mandando Ana al móvil:

«No me olvides en una semana, ¿eh? Espero que, cuando vuelvas, vengas con una canción para mí...», me puso ella, a lo que yo le contesté: «Sabes que te quiero llevar siempre en mis maletas... La vas a tener, ya verás. De desamor..., por lo que pueda pasar».

No tardó mucho en responder:

«¿La primera canción que me vas a hacer va a ser de desamor? Es, cuando menos, alentador... Me encanta todo el futuro que nos vemos», y me puso una carita triste.

Le contesté mientras los demás intentaban que les hiciera más caso:

«Es para que me recuerdes pase lo que pase; me quiero hacer inolvidable para ti...».

Me interrumpió Gus en mi ensimismamiento.

—Y lo de Sofía, qué, que no me contestaste —dijo cortando a los demás, que ya estaban haciendo los planes para venir a visitarme, barajando ya fechas; quién iría, como irían...

—No sé, ya llevábamos unos meses regulares antes; ya no quería que me fuera, entonces eso lo cambió todo un poco, creo. Cada vez nos fuimos enfriando más, hasta que allí era imposible, no podía estar mal allí sin disfrutar pensando en lo que tenía aquí. Necesitaba ser libre para disfrutar. No sé si me explicó. —Intenté explicárselo de la mejor forma posible. No me gustaba dar explicaciones ni justificarme, pero, bueno, a veces hay que contar lo que pasa a los más cercanos para que puedan entenderte un poco mejor.

—Si vas a estar mejor así, no podías hacer otra cosa. Pero ¿y qué? Ya veo que le estás dando mucho al móvil. ¿Alguna chica nueva que te enseñe la ciudad y esas excusas que hay que poner? —Me lo dijo en tono gracioso, como picándome para que les contara más.

—Hay una chica. No fue la causa de la ruptura con Sofía. Aviso para que no se malinterprete y después haya que explicar situaciones que no pasaron. Que luego todo se sabe y todo el mundo, en general, es muy de meter mierda. —Lo tenía que dejar claro. De Gus me fiaba, pero los demás podían contar la versión de los hechos que ellos habían entendido, y esa versión se podía mover a tres personas, luego a otras tres…, y de lo que yo había dicho a lo que entenderían los últimos habría un abismo. Por eso había que tener cuidado en cómo se decían las cosas–. Voy a quedar con ella estos días para explicarle bien todo, cómo me sentía, para que no sea tan frío como una llamada telefónica y ya está.

—Tampoco tienes que rendirle cuentas a nadie —me cortó Gus—. Tú eres libre para estar o no estar con quien quieras; para cortar o no cortar una relación en la que no estás cómodo, igual que ella hubiera estado también en todo su derecho.

—Ya lo sé, pero fue una persona muy importante en mi vida y no quiero quedar mal con ella —contesté para que viera que no era algo que yo estaba obligado a hacer, sino que quería hacerlo.

—Vale, genial entonces.

Seguimos un par de horas entre cervezas, contando anécdotas del instituto y esas cosas que se hacen y se dicen en los reencuentros. Me intentaron liar para que fuera con ellos, pero no quise. Me apetecía irme a casa a descansar, que el viaje me había dejado completamente vacío, nunca mejor dicho.

Volví a casa contestando a algunos mensajes de Ana, con una sonrisa en la boca, pero con la idea ya en la cabeza de que le tenía que mandar uno a Sofía. Estaba un poco contentillo, por así decirlo, de las cervezas, así que me animé a escribirle un mensaje:

«Estoy aquí, tuve que venir a ver al médico; cuando quieras nos vemos y hablamos».

No esperaba que me contestara tan rápido, pero a los pocos minutos me respondió:

CAPÍTULO 12

«¿Dónde estás? Estás bien, ¿no?».

No quería preocuparla, así que contesté:

«Sí, sí, estoy perfecto. Estoy volviendo ahora a casa, que he ido a tomar algo con los chicos donde siempre».

Lo que no me esperaba es que me pusiera en el siguiente mensaje:

«Si quieres, ven hasta mi portal y hablamos».

Lo que más me sorprendió es que mis piernas ya hubieran puesto dirección a su casa, y yo ya hubiera puesto:

«Voy en cinco minutos. Te aviso y bajas».

No sabía que la iba a ver tan pronto; igual no estaba del todo convencido de hacerlo. Pero era el momento, o eso creía.

LAS COSAS, CUANTO ANTES SE HAGAN, MEJOR, ASÍ NO NOS PODEMOS ECHAR ATRÁS NI CON TONTERÍAS NI CON EXCUSAS.

Teníamos que hablar y lo íbamos a hacer. Iba a ser raro verla sin ser nada. Nunca fuimos nada, nunca la había ido a ver teniendo algo medianamente serio con otra chica. Iba hacía allí y no tenía ni idea de qué iba a decirle. Lo que saliera; no quería que acabáramos de mal rollo ni nada por el estilo. No digo que fuéramos a ser amigos, porque ser amigo de alguien a quien quisiste de verdad es algo muy complicado, pero muy complicado.

Si lo fue de verdad, sigues sintiendo esa conexión, esa química, y si os quedáis solos y nadie se entera, puede pasar cualquier cosa.

SIEMPRE NOS QUEDAN PERSONAS DENTRO QUE NO PODEMOS OLVIDAR, QUE NO QUEREMOS QUITARLAS DE AHÍ, QUE SE GANARON SU LUGAR Y NO PODEMOS HACER NADA.

Sofía siempre tuvo un lugar, y sabía cómo llegar a él.

CAPÍTULO 13

No encontraba las llaves, me sentía como una de esas mañanas después de volver borracho de casa de Sofía, que lo dejaba todo tirado y luego me faltaba de todo…, sobre todo ella.

Esa noche estaba llegando a su portal y le mandé un mensaje para que fuera bajando. Era uno de esos caminos a casa que no se olvidan, por tiempo que pase. Sabía que lo iba a recordar pasarán seis meses, cinco o veinte años.

TENGO CLARO QUE HAY PERSONAS QUE NO OLVIDAS EN LA VIDA.

En realidad creo que es muy difícil olvidar a alguien; tiene que haber sido un paso muy fugaz y muy insignificante en tu vida para que no te acuerdes. Pero con los amores, por así decirlo, es mucho más complicado aún, porque los sentimientos son muy difíciles de olvidar. Porque los echamos muchísimo de menos, es mucho más difícil dejar de sentir que recordar los sentimientos, y eso es un problema. Es un problema cuando buscamos el sentimiento que nos produjo una persona en otras, porque sabemos claramente lo que queremos sentir, y dos personas diferentes no nos pueden hacer sentir igual. Y a veces nos perjudica para empezar relaciones nuevas, o para seguir conociendo personas. No podemos esperar que en el futuro se repita el pasado; ni debemos ni podemos. Cada persona tiene su tiempo en nuestra vida, y, aunque vuelvan, tampoco iba a ser igual. Pero se nos suele olvidar a menudo…

Llegué y me estaba esperando en el banco de delante de su casa.

—Joder, ¿pero que te pasó? ¿Te duele? —me dijo cariñosamente mientras pasaba por encima la mano con ese movimiento de, sin tocarla, intentar curarla.

—No es nada, menos mal, locos hay en todos lados…, no se puede hacer nada —contesté para quitarle importancia.

—Ya, ¿pero por qué tuviste que venir a hacerte las curas aquí?

—Temas del seguro médico y esas cosas. Me tenían que tratar aquí; no sé, un coñazo. ¿Qué tal estás? —respondí buscando un *feedback* con ella, si estaba molestando o para ver cómo se sentía con todo lo que nos pasó, y supongo que nos pasa.

CAPÍTULO 13

—No muy bien, ahora me siento vacía. No es que no sepa que no podíamos estar ya juntos así, pero es como una falta de sentimientos total. Contigo sentía todo muy intenso, lo bueno y lo malo, porque me llenabas por completo. Pero, a veces, que me llenaras tanto no era bueno; era como cuando estás hinchado y te duele. Y otras veces me dabas calor dentro y genial. Y ahora estoy vacía cuando pienso en esto. No sé, igual no nos sabíamos querer bien. —Me gustaba que fuera franca, la verdad; siempre directa al grano.

—Yo sentía que no podía darte todo lo que necesitabas desde tan lejos, que no podía estar pendiente de aquí sin dejar de disfrutar cosas allí, que te merecías mucho más. Yo no quiero que estés mal nunca, de verdad. Prefiero apartarme y que seas feliz a que estés conmigo siendo infeliz, eso es lo último que quiero. Pero también te digo que lo hice por mí. Sé que también fue egoísta, no lo tomes como una excusa. Yo necesitaba escapar de todo esto, olvidarme durante un tiempo y disfrutar. —Tenía que sincerarme con ella.

—Te entiendo; entiendo que estés haciendo cosas diferentes, que necesites la libertad de pensar en lo que quieras todo el rato, que no tengas que estar pendiente de nada para vivir experiencias. Porque también sé que esas cosas se acaban, ¿eh? Vas a estar el tiempo que estés allí, pero, seguramente, después te toque volver, y no vas a ser la misma persona, pero todo este mundo va a ser el mismo. —No había pensado en eso; no había pensado en la vuelta a casa, en que todo se acaba, y ahora dudaba si estaba haciendo las cosas bien.

—Está claro que voy a tener que volver; al final, aquí está mi casa. Pero aquí me estaba ahogando un poco, tú me entiendes, sabes por lo que llevo pasando estos años; tú, más que nadie, lo sabes, Sofía. Esto no tiene nada que ver contigo, tiene que ver conmigo, y que necesito muchos respiros para saber por dónde salir adelante. —Me puse un poco triste y me empecé a emocionar. Recordé la situación en casa, los días de agobio, de no saber qué hacer. Todo vino de golpe.

—¡Hey, que no pasa nada! —Me acercó hacia ella lentamente—. Disfruta, haz tu vida y luego ya lo veremos todo.

—Sofía, yo te quiero de verdad, y siempre pienso que se me olvidó cómo olvidarte. Llegas de repente, pase el tiempo que pase, y me vuelves a poner la vida patas arriba. No te voy a mentir, estas últimas semanas he estado con una chica, porque, para mí, allí es como otra vida completamente diferente. —Se distanció un poco de mí.

—¿La quieres? —me dijo muy seria.

—No lo sé —le dije con sinceridad. Ana me gustaba mucho, pero en ese momento, allí, no podía tener nada claro, no podía afirmar nada con seguridad.

CAPÍTULO 13

—El problema para ti es que tú a mí sí que me quieres, y que vas a volver, o sea, que te vas a tener que ir de allí, de ella. Y yo no creo que vaya a estar cuando vuelvas. Pero la vida es solo presente, así que disfruta, es lo que querías. —Se había enfado, pero, joder, tenía muchísima razón hasta cuando se enfadaba.

—Supongo que, si me equivoco, me equivoco yo. Prefiero joderla por intentar arriesgarme y ser feliz que quedarme siempre normal, sin hacer nada. Sofía, para mí eres muy importante, pero ahora mismo no *somos* el momento y, sobre todo, no *somos* el lugar. —Yo también estaba un poco molesto. Aunque sabía que tenía razón, no me gustaba ese tono.

—A mí ya me da igual; haz lo que quieras. —Empezó a levantarse para irse—. Es raro cuando nos seguimos queriendo, pero no podemos estar. Es verdad que siempre nos quisimos más libres: cuando no estábamos, cuando nos echábamos de menos, cuando teníamos la libertad de estar con otros, pero siempre elegíamos estar el uno con el otro. Somos dos putos desastres.

—Lo somos de verdad: el nuestro. —Me acerqué y nos abrazamos. Nos fuimos acercando y apretándonos más fuerte. Teníamos la chispa de siempre dentro. Le olía el pelo a vainilla, tenía por debajo de la cazadora el pijama improvisado, una camiseta vieja que usaba siempre, y no sé cómo nos empezamos a dar besos en el cuello.

Miradas a los ojos, que se caen a los labios, y nos besamos.

NOS BESAMOS SIN PENSAR, SIENDO EL MISMO DESASTRE DE SIEMPRE, EL ESPACIO EN EL QUE ÉRAMOS TOTALMENTE NUESTROS, Y NO EXISTÍA EL MAÑANA.

Me agarró de la mano y me llevó hasta su portal; me susurró que no estaban sus padres y nos metimos en el ascensor con la fuerza que nos daba el tirarnos el uno contra el otro contra las paredes. Éramos el uno contra el otro, el uno con el otro y los dos contra todo. Todos los besos de Sofía eran siempre diferentes al anterior; se le juntaban los besos de «más», con los de «quédate», con los de «solo existe hoy», con los de «esta noche estamos aquí y es lo único que importa». La verdad es que no pensaba en nada más; no sabía si iba a volver a pasar. Quizás era una despedida épica, o simplemente un capítulo que no me esperaba. Pero ahora éramos ella y yo y nada nos frenaba.

Fuimos a oscuras hasta su habitación, sabíamos el camino de sobra, de todas las noches de borrachera que habíamos ido a dormir juntos, de todas las veces que nos habíamos encontrado por las noches en las vueltas a casa, que nos gustaba compartir solos el uno con el otro.

CAPÍTULO 13

Juntos siempre fuimos lo más salvaje que había visto nunca. Sofía subía la marea a la cama cuando quería, era tiempo y momento, era sudor y destape, era déjame un poco más de sitio cuando lo tenía todo. La echaba de menos, y no sabía cuánto la echaba de menos.

—Te dije que te acordaras de volver, nunca me haces caso, solo quieres hacerme caos una y otra vez —me susurró mientras me acariciaba el cuello con los labios.

—Si estoy aquí es que al final me acordé de volver, aunque no entero. Aunque no te digo que no me guste que me hagas un poco de daño, cuidado con los puntos.

Se apartó con cuidado, muy graciosa, y ya éramos los de siempre donde siempre. Haciendo lo que mejor se nos daba: acariciarnos un poco más donde nunca era bastante. No dejar de rozarnos ni dormidos. Simplemente, notar que estábamos juntos.

Esa noche lo hicimos con la rabia del saber que podía ser la última vez, con las ganas de que fuera inolvidable, con la inconsciencia de pensar solo en el ahora. Esa noche gritamos y rodamos por la cama para olvidar los problemas, para hacernos solución. Esa noche que no tenía nada claro, la veía totalmente nítida en la oscuridad.

No dormí nada. Tenía tantas cosas en la cabeza. Después de la pasión del momento, viene todo de repente. Sofía se durmió al poco tiempo abrazada a mí, y yo no tenía muy claro cómo actuar. Lo hecho, hecho está. No me arrepentía. Quizás no hubiera querido que hubiera pasado por lo que venía después, el dejar en mi cabeza la puerta abierta a que se pudiera repetir, el no saber cómo decírselo —o no decírselo— a Ana. El tener dos vidas paralelas que no se juntaban, donde nunca podía ser el mismo en las dos, era una situación difícil, pero era mucho mejor sentir todo esto que me estaba pasando a no sentir nada. No me arrepentía de nada, de ninguna; lo único que tenía que hacer era ser claro. Con Sofía, creo que había sido muy claro, y con Ana, aunque todavía no éramos nada, por así decirlo, oficial, lo tenía que ser. La confianza es lo más importante, y si era la persona candidata a ser la próxima chica de mi vida, tenía que ser franco con ella. Estaba decidido: se lo contaría cuando volviera.

Nos despertamos al día siguiente y decidimos no vernos en los pocos días que me quedaban. Ya habíamos tenido nuestra «despedida» y, por ahora, íbamos a dejar las cosas como estaban. Ninguno de los dos cerró la puerta al futuro. Yo no iba a olvidar, iba a seguir sintiendo cosas por ella, eso lo tenía claro, pero estando tan lejos, era otro tema. Siempre se me olvidaba cómo olvidarla... Era la única verdad que tenía.

Los siguientes días pasaron rápido, sin ninguna novedad en casa. Me centré en estudiar un poco, en ir a que me hicieran las curas y en escribir una de las canciones para Ana, para la vuelta. Ya solo pensaba en ella. Las cosas con Sofía habían quedado claras, y ya estaba. Estuvimos intercambiándonos mensajes Ana y yo durante todos los días que estuve allí, y sentía que me llenaba de verdad, tenía ganas de verla y tenía miedo de contárselo y de que se lo tomara mal. Tenía todos los motivos para tomárselo mal, la verdad; de mandar todo a la mierda, sobre todo a mí, y de acabarlo. Pero no puedo cambiar lo que hice, y yo sentía que tenía que hacerlo. Lo que no podía era traicionarme tampoco a mí mismo. Ya me boicoteaba siempre sin querer; no podía hacerlo también queriendo. Me la tenía que jugar.

La vida era esto, sentir subidas y bajadas, perderse entre malas decisiones y buenas, vivir el momento y enfrentarse a los miedos. Pasara lo que pasara, había ganado experiencias y a dos personas maravillosas que me habían aportado un montón de cosas, y esperaba que yo también a ellas. Somos todo lo que dejan los demás en su paso por nuestra vida, y yo cada vez me sentía mejor y más completo.

Llegaba dentro de unas horas y me tocaba enfrentarme a la verdad con Ana. Decidiera lo que decidiera, ella iba a tener razones para hacerlo, y había una cosa clara: no sabía olvidar a nadie.

CAPÍTULO 14

Estaba esperando en el sofá y el tiempo pasaba muy lento. Como la vez que me tocaba hablar con Ana sobre lo que pasó con Sofía, yo ya estaba en casa. Me tocaba enfrentarme a mis hechos con Ana y no había vuelta atrás. Ya habíamos quedado para comer. Ella vendría, le contaría lo que pasó, lo que sentía, y a ver qué pasaba. Antes de que viniera, hablé con Pau por teléfono para tranquilizarme un poco, o simplemente para desahogarme. Para mí era complicado porque podía sentir que la había fallado, aunque no estuviéramos juntos, aunque no hubiéramos quedado en que íbamos a ser solo nosotros dos. Yo sentía que no había estado bien; sé que, seguramente, en 400 millones de mundos paralelos habría pasado lo mismo, que hay personas con las que no podemos controlarnos, que son nuestro punto débil. Y para mí Sofía era todos los puntos débiles que tenía. Sabía justo qué hacer para que sintiera; encenderme en un momento cuando estábamos juntos, y, aunque yo no debería, con ella era siempre hacia delante. Quizás, todo este tiempo aquí solo era un espejismo de la distancia, ya no sabía muy bien qué pensar.

—Creo que se lo deberías decir. Si a ti te importa y quieres empezar algo más serio, mejor empezar sin una mochila atrás llena de piedras que solo os haga tirar hacia abajo. Pero, si no te la quieres jugar, no se lo cuentes, no se va a enterar. Ahí es ya tu decisión, tío. A veces, lo correcto no es lo mejor para uno mismo; a veces, ser egoístas nos salva. Es una situación jodida, pero, bueno, creo que Ana es una tía de puta madre y se merece que seas sincero con ella. Vamos, que todo el mundo se merece que seamos sinceros, pero hay personas a las que damos más prioridad que a otras. Siempre es así. —Me gustaba de Pau los diferentes puntos de vista que me daba de todo, me venían muy bien en los momentos de indecisión, de los de no saber por dónde tirar. Todos deberíamos tener a alguien que nos intenta aclarar las dudas de nuestra cabeza, pero no diciendo qué hacer, sino explicándonos lo que podemos hacer y dejándonos siempre elegir.

—Gracias, Pau. La verdad es que es una chica increíble, y sí que se lo merece de verdad. Se merece la mejor versión de mí mismo. Creo que callárselo es de cobardes y no me vine a otra ciudad para ser un cobarde. Aquí, o vamos de cara y no nos rendimos, o si no, no vale para nada.

Me dijo un par de tonterías más para distraerme un poco y destensarme y empecé a preparar la comida.

Le hice una pasta riquísima. Riquísima porque no se me había pegado y había calculado bien las cantidades y la sal. Ya era bastante logro para mí. Estaba en ese momento en que no veía futuro ninguno, ni bueno ni malo. Porque no sabía qué podía pasar. Cuando estamos ante una decisión importante, tenemos esa sensación de no saber absolutamente nada, de no esperarnos nada. La incertidumbre del después, del si se va a ir o a quedar, de si por lo menos hasta mañana, o hasta hoy.

Llamó al timbre y subió en lo que tardaba en coger aire. Nos saludamos con un beso, no frío, pero sí lleno de dudas, y, cuando das un beso lleno de dudas, se nota. Me miró a los ojos y me preguntó qué pasaba.

—A ver, tengo que hablar contigo —le dije acompañándola hasta el sofá—. No sé si esto va a joder la comida, si te vas a querer quedar después o irte, no lo sé. —Se le había cambiado el semblante totalmente.

—Me estás asustando un montón, ¿qué pasó? —Y se puso muy seria.

—La semana pasada, cuando estaba en casa, fui a hablar con Sofía. Y pasó algo: nos liamos y pasamos la noche juntos.

—Os acostasteis —dijo secamente y poniendo ojos de incredulidad.

—Sí, nos acostamos. No nos volvimos a ver en toda la semana. Lo zanjamos todo esa noche. Yo quería ser sincero contigo porque me gustas de verdad, Ana, y no quiero mentirte. —Se quedó pensando un poco, en silencio.

—A ver, si tú sigues enamorado de ella, pues ya está, no te engañes. Yo no voy a ser el pasatiempo de nadie, ni quiero que me utilicen para olvidar a otra. Yo no soy segundo plato, yo quiero a alguien a quien le baste solo conmigo. Y no me fastidia tanto que te hayas acostando con alguien como que lo hayas hecho con ella. Porque sé que no somos nada, que puedes hacer lo que te dé la gana. Pero con ella me molesta, porque demuestra que sigues sintiendo cosas. —Y de repente se calló y no dijo nada más. Y era uno de esos silencios que llenan la habitación y hacen muy difícil estar allí.

—Ana, con ella viví muchos momentos durante muchos años. Me era inevitable; no quiero que suene como excusa, pero yo había salido y nos vimos cuando volvía para casa. Vale, eso acaba de sonar como un gilipollas que se escuda en haber bebido, pero no quiero que suena así, olvídalo. Teníamos que hablar, nos pusimos tristes, y, cuando nos dimos cuenta, habíamos hecho lo de siempre. Quedamos en que se había acabado de verdad. Yo no te miento cuando te digo que me gustas muchísimo, cuando pienso en ti a cada momento. Me gustaría que nos siguiéramos conociendo. —Ya no sabía ni lo que decía. Estaba tan nervioso que se me liaban las palabras en la cabeza, y no me daba expresado bien del todo—. Siento no haber sido lo que esperabas de mí...

—No es eso. Quiero que entiendas que ni quiero ser la sustituta de nadie ni quiero comparaciones. Yo soy yo y punto. A mí me encanta esto que tenemos, de verdad. Pero necesito tiempo para pensar, para ver si tú puedes darlo todo. No quiero a alguien a mí lado que dé el cincuenta por ciento o que pueda estar pensando en otras personas. Cuando estás bien con alguien, estás bien, y no necesitas nada más. Eso es lo que creo yo. Necesito tiempo. Vamos a ponernos a prueba, y, como vea que no funciona, me voy sin decir nada, ¿eh? Te aviso. —Ya se había destensado un poco la situación, y hasta nos permitíamos alguna broma.

—Vale, siento el mal trago, y haberte hecho que pensaras eso. Es una situación complicada, pero estoy con la cabeza y el corazón al cien por cien aquí, dirigido hacia a ti. Si hubiéramos estado juntos de verdad, no se me habría ni pasado por la cabeza hacerlo. —Le dije intentando parecer sincero de verdad, porque realmente lo sentía.

—Entonces, ¿qué pasa? ¿Que el problema es que, como no estamos juntos, como, por así decirlo, no somos novios, vamos a ir liándonos con nuestros ex? —Sentía que la había cagado de verdad.

—No, no quiero decir eso. Pero tú lo dijiste: somos libres. Sé que te fastidia más que nada porque fue con ella, pero ella es pasado, de verdad. De verdad. —No sabía muy bien cómo iba a arreglar la situación.

—Mira, me voy a ir, y hablamos. Porque necesito pensar, pensar si vale la pena todo esto; hacia dónde va. Tengo la cabeza hecha un lío. —Y se fue hacia la puerta.

—Te entiendo, ojalá te quedaras, pero te dejo pensar y, cuando quieras, ya me vas diciendo algo. No quiero que nos dejemos a un lado y no nos demos la oportunidad. Sé que fue una cagada mía y que tengo que aceptarlo así. Perdona por haberte hecho sentir mal. —El problema no era que lo hubiera hecho; lo que me dolía era que, al hacerlo, la había dañado a ella.

—Ya veremos qué pasa. —Me dio un beso en la mejilla y se fue.

Cuando cerré la puerta, sentí que había perdido la oportunidad, que no lo había hecho bien, que siempre me boicoteaba a mí mismo. El problema soy yo, siempre soy yo, que no me dejo ser feliz, que, cuando hay la más mínima oportunidad de cagarla, la cago. Que igual sí que soy pez de estanque pequeño, que no puedo abarcar más de lo que debería de abarcar, que me viene todo grande siempre cuando me siento más pequeño. Las decisiones equivocadas eran lo mío, eran las que me guiaban. Era un completo desastre y no podía hacer nada para cambiarlo.

Ahora me tocaba volver a volver a empezar. Igual, Ana me iba a echar de menos. Porque puede que me echara de menos cuando yo no fuera detrás de ella, cuando bailara con los demás y no se tropezara con ellos como lo hacía conmigo. Igual me echaba de menos cuando no la escribiera borracho que no había ninguna como ella. Cogí la guitarra, tenía que desahogarme, tenía que desahogarme con una canción de despedida para una relación que todavía no había empezado. Si ya sabemos que no va a funcionar, no puede doler… Supongo que ya sabía que esto iba a pasar tarde o temprano. Imaginaba que sería mucho más tarde, pero la vida viene como viene y las personas se van como se van. Y de repente ya no están… Empecé a escribir todo lo que sentía, con un poco de dramatismo, que me encanta, y me salió la primera y creí que última canción para Ana:

ME VAS A ECHAR DE MENOS

cuando yo me olvide de ti,
cuando bailes con él
y no se tropiece contigo.

No te va a saber sacar
cuando no te sepas donde meter.
Cuando no te escriba borracho
que no vi a ninguna como tú.

Me pasaré despierto
esta resaca de ti.

Y quieres que, y quieres quedarte
y yo no necesito más espacios contigo.

Si me vas, si me vas a echar de menos,
al menos que no tenga ni puta idea de ello.

Échame más, que hay un lado de la cama vacío que necesita llenarse.
Que hay un lado mío que necesita ocupante.
En esta habitación hay demasiada gente, demasiada gente que ya no está.

CAPÍTULO 14

Te dolerá, te dolerá que te escriba, igual te dolerá ya no estar más en mi vida.

Me salió del tirón, era mi culpa si ella no volvía. Sí, seguramente lo era. Pero ella también me iba a echar de menos a mí, también le iban a joder los momentos que nos faltaban por vivir. Todos odiamos los adioses prematuros y, sobre todo, todos nos ponemos en lo peor cuando nos pasan estas cosas.

Pasaron un par de días y no tuve noticias de Ana. Yo seguí con mi vida, con las tontas ganas de querer escribirle, pero sabiendo que la tenía que respetar, que necesitaba espacio, que darle espacio a alguien es la única forma de que quizás vuelva.

LA LIBERTAD DE VOLVER Y LA LIBERTAD DE IRSE: LA ÚNICA FORMA DE QUERER A ALGUIEN.

No podía decirle nada, todo estaba en sus manos. Yo quería esperarla, pero mi vida tampoco se iba a parar. La vida de una persona no se puede parar por nada ni por nadie, eso hay que tenerlo claro. Si unos se van, otros llegan; es ley de vida. Pero tuve suerte.

Ese fin de semana me llegó un mensaje de Ana:

«Si quieres ver mundo conmigo, demuéstramelo. Nos vamos en dos horas. No te voy a decir ni adónde ni cómo ni cuánto tiempo. Tú decides».

Me había escrito, por fin, y me estaba retando, me estaba poniendo a prueba. Me iba, me iba a por ella a cualquier rincón, adonde fuera. Tenía la oportunidad. No la iba a dejar escapar.

«Voy. ¿Dónde y cuándo?», le contesté sin dudar.

«Voy a por ti dentro de dos horas. Estate listo. No te voy a decir nada más. Vamos a ver si hemos sobrevivido juntos», me puso.

«Aquí no se rinde nadie. Por ti no me rindo, por ti lucho yo».

No hubo más mensajes. Preparé una mochila, la guitarra, por si acaso, y esperé a que llegara.

NO SÉ QUÉ ÍBAMOS A HACER, PERO LO ÍBAMOS A HACER JUNTOS, Y CON ESO, POR AHORA, ME LLEGABA.

CAPÍTULO 15

Todavía no habían pasado dos horas y Ana ya me estaba esperando abajo. Cómo cambian las cosas, que ahora miraba por la ventana y no veía a nadie. Cogí la mochila y la guitarra y bajé. Había metido un poco de todo porque no sabía adónde íbamos y siempre me gustaba estar preparado para lo que pudiera pasar. Muchas veces me costaba dejarme llevar, amaba los planes y las noches improvisadas, pero realmente siempre tenía que tener un poco todo bajo control para estar cómodo. No se me daba muy bien dejar todo al azar, despejar la cabeza y, simplemente, que fuera lo que tuviera que ser. Pero esta era una ocasión especial y no podía cagarla.

Cuando llegué al portal, me esperaba Ana apoyada en su coche.

—¿Listo? —me dijo con una sonrisa y con un pañuelo que tenía en las manos.

—Yo estoy listo, pero no tengo ni idea de lo que vamos a hacer —le dije con curiosidad. La veía contenta y esa era una buena señal.

—Lo que vamos a hacer es una prueba de confianza, ya que eso es lo que tenemos que trabajar. Tú me pides que confíe en ti, pero antes tienes que confiar tú en mí. ¿Qué te parece? —Me empezaba a poner un poco nervioso y un poco impaciente.

—Genial, vamos a ello —le dije acercándome al coche.

—Primero, tienes que ponerte la venda en los ojos. No vas a saber adónde vamos ni lo que vamos a hacer. —Parecía una broma rara, pero estábamos para arriesgarnos. Todo el mundo es de cambiar a las personas cuando se pone mal la situación, en vez de arriesgarse y luchar. Era momento de luchar.

—HAY COSAS QUE NO HAY QUE VER, QUE SOLO HAY QUE SENTIR

—le dije de broma mientras me ponía la venda y entrabamos en el coche. Debería de haberme puesto la venda en el coche porque, justo al entrar, no calculé la altura y me di un golpe en la cabeza—. Mal empezamos —le dije.

—Perdón, perdón, no estaba atenta —dijo Ana riéndose—. Venga, que eres un cabeza dura que no tiene problema. Rompes vasos con la cara, acuérdate. —Y nos echamos a reír.

CAPÍTULO 15

Nos pasamos el viaje entre canciones y preguntas. No preguntaba adónde íbamos a ir, era solo para conectar más: si éramos más de Nesquik o de Cola Cao; nuestros colores favoritos... Preguntas de la infancia. Normalmente, son cuestiones que quedan un poco olvidadas. Las personas parece que ya no queremos conocer el pasado de alguien o cómo han llegado a convertirse en lo que son. Solo nos importa el presente, el cómo son ahora. No queremos conocer sus relaciones pasadas por el miedo a los celos retroactivos; no queremos saber si les pasó algo que les haya marcado de verdad por el miedo a lo que nos puedan contar, por el miedo a no saber si vamos a poder hacerle frente o por si nos cambia la visión que tenemos de esa persona. Y, al final, muchos datos, muchos detalles se quedan ahí olvidados sin saberse. Creo que antes las personas se conocían más.

Empezó a sonar *Pienso en aquella tarde*, de Pereza, y siempre fue como la canción de mi vida. No sé por qué, pero siempre me había sentido identificado con ella, con el «Yo, que soy un animal, que no entiendo de nada y que todo me sale mal». Después, cuando fui conociendo a chicas, con el «Y a ti, que te supo tan mal que yo me encariñara con esa facilidad». Y más tarde, cuando tuve edad para salir y beber: «Era un domingo y llegaba después de tres días comiéndome el mundo; todo se acaba, dijiste, mirándome, que ya no estábamos juntos». El domingo era como el día de la semana de las rupturas. Las dudas de los viernes y los sábados se concentraban en el domingo, y, como es un día tan pesado, venían los «ya no puedo más» o los «se acabó». Aunque luego se cogiera fuerza de la nueva semana para volver, para hablar, para intentarlo. Pero las noches de domingo de no dormir, unas cuantas al año estaban más que garantizadas.

—Me encanta esta canción, la versión rápida y la lenta —dijo Ana mientras cantaba el estribillo.

—A mí también. Los vi en directo en mi ciudad hace unos cuantos años, antes de que se separaran, y cantaron antes *Stand By Me* y la enlazaron con una versión lenta de esta, y puf, hay canciones que no se olvidan. —Era verdad, había canciones y conciertos que no se olvidan, que marcan etapas de tu vida.

—¿Tú también eres un animal y todo te sale mal, no? —me dijo riéndose.

—Siempre lo fui —contesté mientras me colocaba un poco la venda. Ya llevábamos como dos horas en el coche y aun no llegábamos, y seguía sin ver nada—. ¿Falta mucho? Sabes que luego la claridad me puede dejar ciego…

—¡No seas exagerado! —contestó riéndose. Ya llegábamos, estoy buscando para aparcar.

Dos minutos más tarde, aparcó el coche, y había un par de chicos y una chica fuera. No me sonaban sus vo-

CAPÍTULO 15

ces. Hacía un poco de frío y de viento y no tenía ni idea de lo que tenía preparado para mí.

—Vale, te cuento —me dijo Ana muy lentamente—. Se trataba de eso, de confiar, de luchar el uno por el otro, y tú estás dispuesto a todo y me lo quieres demostrar, ¿verdad? —Me estaba acojonando un poco, pero había que tirar para adelante.

—Sí, de eso se trata —dije, intentando parecer muy seguro.

—¿A qué le tienes miedo? —Me sorprendió mucho la pregunta en ese momento.

—Joder, no sé: a morir, a los tiburones, a las alturas, a la gente mala en general, a perderte... —le contesté para ganármela.

—Ja, ja, ja, no seas tonto. Vale, pues de esas vas a poner a prueba casi todas. Te vamos a tirar desde un puente de 50 metros para que hagas *puenting* con los ojos cerrados y vas a tocar el río. No sé si hay tiburones; me dicen que no, pero no me aseguran nada —dijo metiéndose conmigo.

—¿Estás de coña?

—No, es completamente en serio.

—No me jodas. Puf, dame un minuto para pensar. —No sabía dónde me había metido. Tenía muchísimo vértigo, vale, pero no lo veía. Pero tenía mucho miedo a morir por una tontería de estas. No había sobrevivido a un vasazo en la cabeza para acabar muerto por una cuerda que se rompía... A mí me gustaba mucho Ana, pero es que mi vida también me gustaba mucho—. Estoy cagado. A ver, me dices que voy a ir con unas supersujeciones y que no me va a pasar nada, ¿verdad? —No sabía ni cómo, pero me iba a atrever.

—Te lo juro, no te va a pasar nada de nada. ¿Lo vas a hacer? —me dijo en tono de sorpresa.

—Joder, pues lo tendré que hacer; para eso me trajiste aquí. Me jode la vida hacerlo, te lo digo así de claro, y estoy supernervioso y superenfadado contigo, ¿eh?, pero hay que hacerlo. —Se empezó a reír.

—No pensaba que te fueras a atrever, ¿eh?, o, por lo menos, no pensaba que tan rápido. Venga, vamos ya antes de que te eches atrás.

Se habían presentado los chicos y la otra chica que estaban con ella, pero no podía prestar atención a nada. No me acordaba de los nombres, y estaba temblando. Desde siempre me han dado miedo las alturas; ya no solo los aviones, sino subirme a sitios elevados: plataformas y cosas así. Ya lo podía tener muy en cuenta Ana. Todavía tenía el pañuelo en los ojos y no me lo pensaba quitar en la vida. Si no veía, tenía la falsa seguridad de que no me podría pasar nada. Totalmente falso, pero no podía pensar en otra cosa. Me subieron a una especie de barandilla, con los arneses ya preparados. Ya estaba todo embarrado, y lo pasé como pude. Me tenían agarrado, pero ya estaba del otro lado de la barandilla para saltar.

—Eres el más valiente del mundo —me decía Ana en tono cariñoso.

—Que te jodan, Ana —le respondí mientras se reían los demás. Estaba a punto de explotar, contestaba a todo el mundo fatal y cortante, pero es que estaba tan nervioso como nunca antes en mi vida.

—Venga, a la de tres —dijo uno de los chicos—. Una, dos… —Y a la de dos, ya estaba suelto y ya estaba saltando, y gritando…

Ni un segundo había pasado y, bum: choqué contra el agua y una superficie dura. Estaba ya en terreno firme y me dispuse a quitarme la venda de inmediato. Se estaban riendo todos. Me costó un poco enfocar, pero estaba al lado de una valla y encima de una piscina de estas hinchables. Me la habían liado: me habían hecho creer que me tiraba y me estaban grabando. Y Ana, la que más se estaba partiendo el culo. Estaba entre no volver a hablarle, pegarles a todos o reírme con ellos de mí mismo y disfrutar. Disfrutemos, ya que estábamos vivos.

—Sois unos hijos de puta. Y tú, Ana, eres la peor persona que he conocido nunca. Maldita la hora en que te conocí… —Y me reí un poco. Todos me vinieron a dar abrazar y a disculparse, y Ana fue la última en venir a abrazarme y a besarme.

—Te la debía... Ya estamos en paz. —Y me volvió a besar.

—Yo pensaba que te iba a dar un chungo, tío. De verdad que nunca había visto a nadie tan nervioso —me dijo uno de los chicos.

—No puedo con las alturas y con estas cosas, de verdad. Pero me iba a tirar, ¿eh?

—Sí, sí. Te estaba yo agarrando y saltaste tú solito.

Me los volvieron a presentar y se llamaban Álex, Rafa y Vicky. Eran amigos de Ana y monitores de *puenting*, *rafting* y diversos deportes de aventuras. Teníamos un puente al lado y era verdad que sí que iban a saltar. Pero yo ya no. Ana intentó convencerme de que lo hiciera en el de verdad, pero no; dejé que se tirara ella y ya estaba. Los amigos de Ana eran majos, y después de que se tiraran nos acercamos a un camping que estaba cerca y acampamos allí con un pequeño fuego. Montamos las tiendas, aunque no pude hacer mucho; solo atendía y aprendía. Ana sabía montarlas genial y se la veía muy feliz. Se la veía que le encantaba eso de la naturaleza, y era todo tan real. Cenamos unas hamburguesas en una parrilla que montamos en la hoguera y empezamos a beber, contando anécdotas cada uno y cantando canciones con mi guitarra. Vicky cantaba genial y era una pasada oírla.

Me atreví en un momento de la noche a tocar la canción que le había compuesto días atrás a Ana. Estábamos los dos juntos con una manta por encima, ella apoyada en mi hombro, y era el momento.

—Os voy a tocar una canción ahora que es para Ana. En exclusiva, chicos. Es una canción de desamor, por lo que pueda pasar. Me gusta empezar las cosas sabiendo que se pueden acabar, para disfrutar de cada momento. —Le di un sorbo al vaso mientras se metían un poco con Ana. Me dio un beso y le toqué *Me vas a echar de menos.*

Cuando acabé, vi a Ana con una lagrimilla en los ojos, y me comió a besos. Me susurró que no me quería echar de menos más, mientras los demás aplaudían y decían tonterías varías para quitarle tensión al asunto, por así decirlo.

—YO TAMPOCO QUIERO ECHARTE DE MENOS A TI

—le dije unos minutos después, cuando todo había vuelto a la normalidad.

—No quiero que me lo prometas, solo quiero que lo hagas —respondió mientras estábamos en nuestra propia burbuja.

Un par de horas después, fuimos a la tienda a dormir, pero dormimos muy poco. Nos pasamos la noche entre caricias, entre palabras, entre nosotros. Me hubiera quedado en esa noche para siempre si hubiera podido, pero teníamos negocios que cerrar Ana y yo al día siguiente…

CAPÍTULO 16

Nos despertamos lentamente, sin prisas, mientras la claridad inundaba la tienda, mientras nos apretábamos más, mientras disfrutábamos del cuándo y del dónde, pero sobre todo del quién.

OJALÁ VOLVIERAN ESOS MOMENTOS DE NO DUDAR, DE DISFRUTAR TODO EL RATO, DE QUERER ESTAR.

—Quiero mañanas así casi todos los días —me susurró Ana.

—¿Solo casi todos? Lo mucho cansa, ¿no? —le dije mientras me colaba entre su pelo para darle un beso en el cuello.

—Sí. Además, eres un compañero fatal de cama. No te paras de mover, das demasiado calor, no me abrazas nada... —contestó mordiéndome el labio.

—Ja, ja, ja. Sí, claro, seré yo que no me paró de mover, y que me alejo…, cuando solo te busco para estar lo más cerca de ti posible —le repliqué.

—Compañero fatal de cama…, pero, ahora mismo, el único que quiero.

—¿El único, seguro? —le pregunté, porque quería saber un poco adónde nos iba a llevar esto. No quería estropear el momento, pero teníamos que saber en qué dirección íbamos.

—Sí, yo lo tengo claro —me dijo muy segura—, pero no vale más noches con ex ni cosas extrañas si vamos a ir más en serio. Vamos a por todas, a por todas juntos. —Me sorprendió un montón su disposición, después de un par de días sin hablarnos, para querer darle forma a esto. Yo no era de etiquetas, pero, cuando estás a gusto con alguien y la otra persona lo necesita…, hay que ceder en algunas cosas para que una relación funcione; si ninguno de los dos cede, es imposible. Hay que encontrar un equilibrio mutuo, un nosotros mitad tú y mitad yo, y entenderlo es la única forma de que pueda funcionar.

—Vale, vamos a negociar —dije muy serio, dándole intriga a la situación.

—¿A negociar? —respondió sorprendida mientras erguía un poco su posición.

—Sí, claro. Vamos a hacer un contrato con unas pautas que cumplir para que esto vaya bien, para tener claro dónde estamos, hacia dónde queremos ir, porque ya sabemos con quién ir. ¿Te apetece? —Asintió con la cabeza mientras iba a por el móvil para guardarlo—. A ver, lo vamos apuntando aquí, y luego, cuando lleguemos a casa, lo imprimimos, lo firmamos y esas cosas para hacerlo totalmente oficial.

—Me parece bien; empiezo yo entonces. Nada de liarse con ex ni acostarse con ellas recordando viejos tiempos ni esas cosas. Es rescisión del contrato instantánea. En cambio, si alguno de los dos, en algún momento, se siente atraído por otra persona o cambia la brújula del quién, hay que avisar antes de que hiramos al otro. —Intentaba tomar nota lo más rápido posible mientras se lo enseñaba—. Vale así —me dijo cuando se lo enseñé.

—Perfecto, me parece lo más justo. Ahora me toca a mí. Nada de intentar quitarse tiempo el uno al otro. Me explico: cada uno tiene que tener tiempo para sus amigos, sus amigas, su familia. Nunca vamos a intentar ser lo primero por obligación, solo por elección. Y me explico: si uno de los dos no tiene plan un día, no pasa nada si el otro le dice que se vaya con él o con quien haya quedado, pero lo que no puede es intentar que el otro deje sus planes para que se quede con él. A eso me refiero, ¿se entiende? —Asintió con la cabeza otra vez mientras leía lo que teníamos escrito.

—Sí, me parece genial que no se pierdan los espacios. A ver, siempre que se pueda por lo menos dormir dos o tres noches a la semana juntos… Para practicar, para que no perdamos la costumbre, para ser mejores compañeros de cama. —Me reí por la voz melosa con que lo dijo.

—Sí, sí, me encanta eso. Otro punto. No podemos dejar de sorprendernos. Con planes improvisados, con viajes; no por norma general, pero, más o menos, uno de cada vez. ¿Te apetece?

—Sí, también la iba a decir yo. Voy a meter lo de las canciones. Me tienes que hacer, por lo menos, una canción al mes. ¿Vas a poder? —Me echó una mirada desafiante.

—Vas a tener que inspirarme mucho —le dije, devolviéndole la mirada.

—Ese no va a ser el problema. Tienes aquí a la chica que no para quieta; eso debe contar como inspiración. —Y me dio un beso cuando acabó la frase.

—Vale, acepto. Va a ser interesante esto entonces. Vamos a intentar por todos los medios no fallarnos, cuidarnos y merecernos. Y creo que por ahora ya está, ¿no? Si se nos ocurre algo más, lo vamos metiendo; podemos hacer anexos y esas cosas legales. —Me reí mientras la abrazaba.

—Tenemos un buen principio de acuerdo, está bien. Venga, vamos a desayunar algo.

CAPÍTULO 16

Guardé en el móvil el «contrato» y se lo mandé por mensaje también, para que lo tuviera y para que lo tuviera presente también. Estaba lleno de ganas, lleno de tiempo que aprovechar con ella y, simplemente, feliz. No necesitaba nada más ahora mismo. Desayunamos con el resto y luego aprovechamos el día para ir de senderismo. Yo no estaba muy acostumbrado a la naturaleza y me costaba un poco más, porque parece que no, pero patearse un monte o un bosque cansa lo suyo. Yo te puedo aguantar cuatro horas en un concierto de pie, incluso de pie en la arena, que se te duermen las piernas y no sientes ni la espalda ni el culo. Pero cuatro o cinco horas de travesía, con la guitarra acuestas, era criminal. La llevaba porque íbamos a hacer una especie de pícnic al lado de una cascada, y la verdad es que, cuando llegamos, el esfuerzo había valido la pena totalmente. Nos sentamos y disfrutamos del día; nos bañamos en la cascada que hacía como un pequeño lago, y hasta me atreví a tirarme al agua desde las rocas. Pero por culpa de Ana, o gracias a ella, me dijo…

—TIENES QUE SER VALIENTE.

La meto como otra cláusula del contrato. Tienes que hacer más cosas de las que te dan miedo para ver si te gustan o no. Venga. —Me puso la cara de «no me puedes decir que no» y la sonrisa que, cuando veo, me arriesgo a todo. Y me tiré.

—Esto lo hago por ti, para que después digas… Pero el siguiente anexo lo pongo yo… —Me costó unos cinco minutos al borde de la roca tirarme, pero al final lo conseguí, entre vítores y gritos de los demás.

Comimos-merendamos porque se nos había hecho un poco tarde. Entre conversaciones y tonterías se nos iba el día. Había un buen rollo increíble, hasta que empezamos a hablar de temas, por así decirlo, algo más personales. No sé por qué salió el tema de qué pasaría, qué harías si tú hijo naciera con una enfermedad, una discapacidad o si la madre corriera peligro. Y había un montón de opiniones diferentes. Y me di cuenta de que así es la vida, que se dan situaciones que hay que vivirlas para poder saber qué harías ante ellas, es así. Nadie tiene la verdad absoluta, nadie sabe cómo vas a actuar en ciertos momentos.

LA VIDA ES ESO, TOMAR DECISIONES ANTE LO QUE TE VENGA Y SABER VIVIR CON ELLAS. A VECES ACERTAMOS Y OTRAS NO, PERO SIEMPRE ES UN SEGUIR ADELANTE.

Antes de que anocheciera nos fuimos para el camping. Nos íbamos a ir al día siguiente, antes de comer. Seguimos con la fiesta en el camping, pero ya estábamos bastante rendidos de todo el día y nos fuimos pronto a las tiendas.

CAPÍTULO 16

A Ana le dio por empezar a meterme el mal rollo en el cuerpo. Empezó a contarme historias de miedo e historias varias de su pueblo. Yo siempre fui muy curioso para esos temas, me encantaban, pero me autosugestionaba. No me lo creía todo, pero sí pensaba que le podría haberle pasado a alguien. El tema es que, aunque a ti no te haya pasado algo, no tienes por qué no creer que a otras personas les puede haber pasado. Y ella me hablaba de ánimas que buscaban a personas perdidas en los caminos del bosque; me hablaba de «demos» que intentaban llevarse a las niños, y, joder, estábamos casi solos en el camping y yo me empezaba a sentir un poco incómodo.

—Para ya, joder. Me estás metiendo mal rollo dentro —le dije medio mosqueado.

—Ja, ja, ja. Pero, a ver, ¿tú no tenías que ser más valiente? —Se burlaba de mí.

—Sí, pero no con estas cosas. Solo con temas que podamos controlar, que no incluya cosas de otros mundos, o de este mundo, pero de otras cosas. Joder, ya no sé ni cómo explicarme. Para, por favor. —Fue parando un poco, pero no me fiaba de ella.

Intentamos dormir, pero yo ya no podía dormir demasiado. Tenía una de esas noches de dormir a medias, de estar como en vigilia constante, entre imaginaciones y sueños, pero medio despierto. Y así durante un par de horas. De repente, empecé a escuchar ruidos fuera, y estaba medio adormilado. No sabía si era un sueño o era real. Y de pronto se empezó a mover la tienda todo el rato. Y empecé a gritar, y Ana también se había llevado un buen susto. Nos abrieron la tienda los otros, riéndose, y mofándose.

—Es la segunda vez que os reís de mí en dos días y no me hace ni puta gracia. —Me había enfadado de verdad. Ya estaba bien de tomarme el pelo y de que se rieran a mi costa—. ¿Sois gilipollas o qué os pasa? A qué viene jodernos cuando ya estábamos dormidos.

—Cálmate un poquito; es una broma, ya está. —Los otros se intentaban disculpar, pero yo estaba encendido.

—Pues no, no me calmo; ya os vale, joder. Que lo paso mal con estas mierdas. —Me empezaba a tranquilizar ya un poco—. Bueno, da igual.

—Perdona, no sabíamos que te lo ibas a tomar así, de verdad —se disculparon.

—Lo siento por ponerme así, pero es que, puf, no estaba teniendo buenos sueños y, bah, da igual, es una gilipollez. —Todos volvimos a las tiendas.

—Si me hubiera pasado algo, me defenderías, ¿eh? Te pusiste delante de mí para defenderme —me dijo Ana tocándome la cara mientras estábamos acostados.

CAPÍTULO 16

—Ja, ja, ja. ¿Ves? Conmigo no te pasaría nada. —Y me reí.

—Fui yo quien les dijo que nos asustaran, aún te debía una —me dijo mientras se giraba.

—Qué cabrona eres —le respondí mientras me arrimaba a ella.

—Para que veas lo que te espera si incumples el contrato. —Y se giró frente a mí para besarme.

—Va a salir bien —le respondí.

—No somos de los que se rinden, ¿no?

—No, no lo somos.

Nos abrazamos y al poco rato nos quedamos dormidos. Era verdad que no éramos de los que se rendían, pero hay situaciones que te obligan a dejar de luchar.

CAPÍTULO 17

Pasamos unas semanas geniales. Semanas de risas y besos, de duchas juntos, apurados para no llegar tarde. Días de no dormir nada por las noches, de hablar hasta no saber quién fue el último que dijo algo, de vernos todas las pelis que había por no querer soñar, porque lo que teníamos era mejor que cualquier cosa que pudiéramos imaginar. Fuimos unos cocineros fatales, unos limpiadores desastrosos, unos confidentes excelentes. Nos recomendamos las películas y las canciones que teníamos guardadas solo para nosotros. Lo hacíamos fácil y el tiempo pasaba rápido.

Lo hacíamos fácil… y nosotros nos dejábamos llevar. No sé si era lo que alguna vez habíamos soñado, pero estaba siendo mucho mejor que lo que esperábamos. Estábamos en el principio, donde todo es posible, donde nunca nos cansamos de nada. Me daba igual que me destapara quinientas veces por las noches, que dejara todo sin fregar, que se emborrachara siempre mucho antes que yo y que dejara todas las ventanas abiertas. Un beso suyo lo arreglaba todo. Me arreglaba a mí en los peores días, cuando las clases costaban y cuando se hacía difícil estar fuera de casa.

Mi madre me había dicho unos días antes que mi padre estaba un poco peor, y estaba dudando si volver por lo menos unos días. La veía algo preocupada, y, aunque ella me decía que no, que de ninguna manera, como que sentía que debería de estar allí. Hasta Ana me dijo que me acompañaba si quería.

Para hacerme olvidar todo un poco, me llevó a cenar. Me llevó a un chino malísimo del que odiaba todo lo que había en la carta y me hacía estar un poco raro e incómodo. Ella lo notó y me propuso un juego.

—Vamos a hacer como que nos reencontramos diez años después de este momento, ¿vale? Ya verás como te hago una cena diferente. —Me lo dijo sonriendo y acepté al momento.

—Hey, Ana, ¿qué tal? Qué raro verte aquí, ¿puedo sentarme? —dije mientras me levantaba y esperaba al lado de mi silla.

—Hola, ¿tú eras...? —dijo mirándome con cara de extrañeza—. Ah, sí, el chico con el que estuve todo un invierno, un invierno que empezó en otoño y que duró hasta más allá de la primavera, ¿no?

CAPÍTULO 17

—Sí, ese mismo. El que quería vivirlo y le daba igual si lo entendía o no. El que nunca te acabó entendiendo, pero te vivió. —Ya estaba metido en el papel.

—Ya sé por qué lo dejamos: eres demasiado raro —me dijo comiéndose un trozo de pan, como si no fuera la cosa con ella.

—No voy a pedir perdón por ser raro —le respondí muy directo.

—Por lo menos, siempre me hiciste gracia. —Estaba tomando un tono indiferente que me gustaba.

—Tú solo me hacías caos, nada de gracia. La verdad, nunca fuiste graciosa. Fuiste una de esas típicas chicas con las que sonríes, pero no con las que te ríes a carcajadas. Fuiste un poco a medias, ¿no? —Y cogí un trozo de su pan.

—¿Cómo que a medias? —me contestó intrigada.

—Sí, de esas típicas personas que parece que lo van a dar todo, que te prometen mucho, pero que, al final, nada. Se acaban en el principio. Igual es que nos dimos demasiados besos y nos gastamos, o que solo éramos un amor de temporada.

—¿Un amor de temporada? —Seguía intrigada. A ver qué contestaba.

—Sí, como las frutas, que unas tienen unos meses o una estación y otras, otros. Nosotros nos moríamos en verano, sí o sí. Ya sabes, tenía que volver a casa, y sabes que nunca llevé demasiado bien el amor a distancia. —Ahora era yo el que me hacía el pasota.

—Nunca llevaste demasiado bien ningún amor, no te engañes. Te cuesta que te quieran. —Me sacudió un poco esa frase.

—Explícate. ¿Cómo que me cuesta que me quieran? —Tenía curiosidad por saber a qué se refería.

—Sí, te boicoteas siempre. Siempre que sientes que algo va bien o demasiado bien, tú, inconscientemente, buscas algo para que vaya mal. Para pensar en tu cabeza que va mal. Buscas pegas para todo, para autoconvencerte de que no estás con quien deberías estar, y que vas a ser más feliz solo, o buscando a otra persona. —Yo pensaba que estábamos en una conversación de broma, pero había muchas cosas en las que tenía razón, y estaba siendo muy certera.

—Bueno, sí, es cierto. Pero tú también tienes lo tuyo, no te engañes. Con la excusa de los viajes, de no querer ser de ningún sitio, al final no acabas disfrutando de nada ni de nadie. Si siempre piensas en lo siguiente que vas a hacer, no puedes disfrutar del ahora. Si siempre piensas que mañana vas a hacer algo muchísimo mejor que lo que estás haciendo hoy, o que vas a conocer a alguien que te llene mucho más de lo que te llenan con los que estás hoy, no puedes disfrutar de esas personas, de lo que te puedan ofrecer. Porque no es tanto lo que te pueden ofrecer como lo que te acaban dando. Igual tú crees que alguien te va a dar 10, pero te da 5, y otra persona que solo tiene 6, te da 6. Igual es más importante alguien que se arriesga por nosotros que alguien que solo está ahí porque estamos ahí. Que solo les gustamos porque nos gustan ellos a nosotros. Tú también tienes lo tuyo. —Me había sorprendido incluso a mí mismo. No me esperaba soltar todo eso. En el fondo lo pensaba, que no lo criticaba, pero era una observación.

—Igual es verdad. ¿Qué estás haciendo de tu vida ahora? ¿Te acuestas con alguien o no hay nadie todavía que pueda aguantar más de seis meses tus boicots emocionales? —Me lo dijo guiñándome un ojo. Mientras iba pasando toda la conversación, íbamos cenando, y se me había olvidado que la comida era un desastre.

—Al final monté un grupo de música. ¿No te acuerdas que te mandé un disco con tus canciones? —le dije haciéndome el chulito. Ya que estábamos imaginando, había que hacerlo a lo grande.

—Sí, es verdad, no lo escuché. Ya conocía las canciones, para qué darle más vueltas. —Se ponía a la defensiva.

—Pues ahora somos muy famosos, tocamos en todos los festivales a los que nos habíamos prometido llevar y no nos llevamos. Y la canción *Me vas a echar de menos* la acabó conociendo todo el mundo.

—Entonces me debes todos los derechos de inspiración de esa canción. Igual tenemos que acudir a un abogado. —Me empezó a mirar muy fijamente.

—Teníamos un contrato, ¿no te acuerdas?, e iba en las cláusulas. Todo derecho de inspiración se paga en la cama, no en dinero. —Quería ver lo que respondía—. Y a la otra pregunta, no; no estoy con nadie ahora. Al final fui yo el que estoy de aquí para allá sin poder quedar con nadie fijo.

—Si no tuviera pareja podrías pagármelo. Qué pena, tendré que esperar para la próxima que coincidamos en otro chino, que realmente es muy malo. —Le estaba dando un sorbo a la sopa y no le había gustado nada.

—Ya te lo advertí cuando estábamos juntos: los chinos no merecen la pena. Bueno, yo no soy celoso; si no le dices nada a él, no habrá problemas.

—No es él, es ella, y se llama Inés. —Me había roto un poco los esquemas.

—No pasa nada, dile a Inés que venga —le dije sin cortarme nada.

—No le gustan los hombres, pero, sobre todo, no le gustarías tú.

—¿Por qué no?

—Porque eres de los que conocen a una chica y tiene que enamorarla. No te vale solo con conocerla o con acostarse con ella.

CAPÍTULO 17

—¿A TI TE ENAMORÉ?

—le pregunté mirándola a los ojos.

—A MÍ CASI NO ME PIERDES POR ENAMORADA

—dijo mirando al plato.

—Conmigo, supongo que siempre es un *casi*: casi no te pierdo, casi no dormíamos tan mal juntos, casi no te olvido. Casi.

—Casi te olvido yo a ti, pero llegas diez años después a mi chino menos favorito para volver a entrar en mi mente... —dijo mientras revolvía en el plato.

—Ya me voy si quieres, no voy a comer más. ¿Me invitas, no?

—Sí, anda, me debes miles de euros por lo que sacaste de una canción hecha para mí, y encima te voy a invitar... Ya puedes coger la cuenta. —Y se echó a reír.

Seguimos con la cena futurista mientras nos contábamos dos vidas totalmente inventadas. Alguna pullita actual metíamos entre diálogos. A veces nos cuesta decir las cosas cuando todo va bien, y no está mal desahogarse en un contexto en el que no nos sintamos atacados y estemos bromeando, aunque medio en serio.

Pagué la cuenta porque cuando la pusieron en la mesa ella me la dio directamente. Y no podía parar de reír. Me pasaba algo extraño desde pequeño. Cuando me ponía nervioso, me reía. Me reía cuando me echaban la bronca mis padres, cuando me la echaban los profesores, e incluso cuando alguna novia y yo estábamos discutiendo o diciendo cosas serias. Me salía solo, empezaba a reírme un poco y eso me había traído alguna que otra vez problemas. Porque las personas piensan que no las estás tomando en serio. Pero sí que las estás tomando en serio. Lo que pasa es que, simplemente, estás nervioso y te ríes.

Continuaba el juego mientras salíamos del restaurante, y la verdad es que no sabía muy bien qué íbamos a decirnos.

—Si quieres la última en mi casa, si Inés te deja… —le dije acercándome a ella, pero rápidamente me apartó con la mano.

—No sé, no sé. Ya sé cómo acaba siempre lo de una copa en tu casa. Cuando me quiero dar cuenta, llevamos cuatro cada uno y casi siempre estás sin ropa. ¿Por qué estás sin ropa cada dos por tres? ¿Cómo tienes esa facilidad para quitarte los pantalones? —Me miraba de arriba abajo mientras me hablaba.

—Lo primero: si te tomas una y te quieres ir, te vas y punto. Lo que pasa es que si te empiezas a liar y a ponerte más copas, no es mi culpa. Lo de los pantalones, ya sabes que yo en casa siempre me cambio de ropa, que odio estar con la ropa de la calle, así que no te hagas la sorprendida, que bien que nunca te habías quejado antes…

CAPÍTULO 17

—La abracé contra mí y me susurró: «La despedida del futuro, y ya volvemos al presente, que me gusta más».

—Yo me marcho, que tengo una vida con una mujer maravillosa, y a ti no me queda otra que seguir intentándote olvidar. Pero, aunque no te haya olvidado, no era el momento, supongo. —Y se acercó lentamente para abrazarme. Cuando la tenía muy cerca, le susurré—: Me pasé los cuatro siguientes días esperando a que volvieras. Y llevo 10 años arrepintiéndome de no ir a por ti. No te merezco ahora, y supongo que no te merecí. Pero no sabes cómo me volaste la cabeza esos meses, cómo cambiaste mi autoestima y a mí por dentro. Gracias a ti, vi muchos mundos muy cerca del mío que podía visitar.

GRACIAS A TI, SOY QUIEN SOY AHORA Y NO TE PUEDO OLVIDAR. PERO, SI ME VAS A ECHAR DE MENOS, OJALÁ QUE NO TENGA NI PUTA IDEA DE ELLO.

—Me alejé dejando la frase de la canción en el aire y me agarró fuerte y me volvió contra ella. Me besó, un beso que sabía a futuro y que no quería arrepentirme de no vivirlo con ella.

Nos fuimos a casa siendo los de siempre, con nuestra manera tan atropellada de entrar en casa mientras nos besábamos, mientras tirábamos toda la ropa por el suelo. Porque, mientras nos valga cualquier rincón para hacérnoslo, será que vamos por el buen camino. No me arrepiento del tiempo con Ana. Quizás, siempre hubiera querido un poco más.

SIEMPRE UN POCO MÁS. ME VALÍA CON QUE ME DURARA AÑOS ESE OTOÑO QUE YA ERA INVIERNO.

CAPÍTULO 18

Todavía me quedaban dos horas para irme. Dos horas y dejar todo atrás. Tenía las maletas listas y me quedé mirando la guitarra. La guitarra que tanto me había salvado ese año.

NO SÉ QUÉ TIENE LA MÚSICA, PERO NOS SALVA: NOS ARRASTRA A ESE MUNDO EN EL QUE TODO ES POSIBLE, O EN EL QUE NADA ES PARA TANTO, EN EL QUE NOS ATREVEMOS A TODO, EN EL QUE NO DEBEMOS DEJAR DE INTENTARLO.

La música era conexión y desahogo, era aislarse de un mundo para meterse de lleno en otros.

Creo que el problema es saber que quieres volver, pero no saber cuándo lo vas a hacer o si deberías de hacerlo. El problema siempre fue pensar de más cuando no puedes hacer nada; agobiarse y no buscar las oportunidades que nos trae cada situación, por muy complicada que sea. El problema es tener tanto que decir y no tener aquí, ahora mismo, a quién decírselo.

Por lo menos, cuando estábamos Ana y yo en ese momento de que todo va bien, nos lo podíamos decir todo, **NO NOS FALTABA DE NADA PORQUE NO NOS FALTÁBAMOS NUNCA EL UNO AL OTRO.** No había esa obligación de estar con alguien cuando llevas en una relación cierto tiempo y te empiezas a cansar. Pero eso, en los momentos en que todo iba bien. Pasamos la mayor parte de los días juntos y, simplemente, salía solo. Salía solo que viniera en cualquier momento a casa, que llegáramos antes de echarnos de menos, que los planes salieran solos. Nunca forzamos nada, todo fue llegando poco a poco y nosotros nos dejábamos llevar, nos encantaba. Nos apoyábamos en cada momento, en cada paso que quisiéramos dar. Que quería comprarse algo que no necesitaba, pues que se lo comprara. La vida es ya; mañana, igual no vas a poder hacerlo. Que deberíamos ir a correr y yo no tenía ganas, pues me levantaba de la cama y estaba encima de mí hasta que saliéramos de casa. La vida no es dormir a todas horas, no es privarse de todo pensando que mañana llegará algo que te cambie la vida. Porque no, no lo es. La vida es aprovechar el momento en el que estás y sacarle el mayor rendimiento posible. Y yo lo estaba entendiendo, y cuanto más cerca estamos de entender algo, más se nos echa encima de repente.

Pero llevábamos un mes muy raro, con el miedo de ella a que me fuera y por mi miedo a volver. Era feliz con Ana, pero cuanto más se acercaba la fecha del vuelo, más pensaba en Sofía. En algún mensaje furtivo de madrugada que me mandaba, en alguna canción que nos recordaba, y no sé qué mierda me estaba pasando. No tenía nada claro las relaciones a distancias, no me habían funcionado, y se lo dije varias veces a Ana, que, si nos arriesgábamos, iba a ser tremendamente difícil, y teníamos que estar al cien por cien porque, si no, no valdría la pena. Ella se iba a ir todo el verano de viaje en viaje, tenía el verano lleno. Yo había conseguido montar un pequeño grupo con algunos compañeros de mi antigua ciudad, y en cuanto llegara nos íbamos a poner a ensayar. Ya habíamos cerrado un par de fechas para una minigira por varias ciudades. Había mandado maquetas de las canciones que había ido haciendo a las salas y les habían gustado. Parecía que el tiempo estaba en nuestra contra y que el espacio cada vez se hacía más grande, incluso cuando estábamos juntos.

Parecía un día más, pero mañana me iba y Ana había venido a echarse la siesta a casa. Sí, quedábamos simplemente para echar la siesta: citas de siesta. Un rato tumbados, relajados y sin pensar demasiado. Habíamos tenido un par de días duros, de estudiar mucho y vernos poco. Llegaron los exámenes finales, el miedo a las despedidas, todo se juntaba. Porque vale que estuviera en otra ciudad viviendo la experiencia y eso, pero yo venía a estudiar, sí o sí, también, y no se me ocurría dejar eso de lado ni lo más mínimo. Ya habían hecho bastante mis padres mandándome aquí, y creo que hay que devolver la confianza que nos dan.

Estábamos ya tumbados en la cama y Ana me empezó a preguntar por la canción de ese mes.

—Pues todavía no la tengo hecha —le dije, un poco sin hacerle mucho caso, ya que me estaba muriendo de sueño.

—¡Tienes que hacerla por contrato! Y ya va tarde. La quiero antes de que te vayas... —Parecía que no tenía mucho sueño, y me estaba quitando todo el mío a mí.

—Mañana te la hago, prometido. —Intenté excusarme para tratar de dormir. Hay veces que solo queremos una cosa, y yo solo quería dormir. Un ratito más, estaba muy cansado de todas esas semanas, íbamos a pasar todo el día juntos...

—Ahora, venga, te ayudo yo. —Ya se había levantado e iba directa a por la guitara. Pues nada, hoy no tocaba dormir.

CAPÍTULO 18

—Ay…, venga, dale; que pesadita eres, guapa —le dije de forma cariñosa mientras me levantaba. Se me quedó mirando fatal, con el ceño fruncido—. Estás más guapa cuando no lo estás. —Tenía la cara de falso enfado que tanto me gustaba.

—¿Ves? ¡Frase para la canción! Y no estoy nada guapa ahora mismo… —Intentó colocarse la melena, que la tenía hecha un desastre, pero ya no podía hacer nada.

—Estás más guapa cuando dices que no lo estás. Creo que así mejor, a ver. —Cogí la guitarra y empecé a probar con un par de acordes, hasta que me salió un ritmo que le iba muy bien y empecé a cantar.

Y ESTÁS MÁS GUAPA CUANDO DICES
QUE NO LO ESTÁS,
CUANDO TE DA TODO IGUAL,
CUANDO DESPIERTAS A MI LADO.

Improvisé un par de líneas a ver qué le iba pareciendo. Le daba igual que yo quisiera dormir, y estaba tan guapa cuando se despertaba a mi lado… Aunque no me dejara nunca dormir. Seguí un poco más:

Y estás más guapa cuando dices que no te vas.
¿Que si me voy a quedar? Toda una noche de verano.

Se la canté con voz de broma mientras buscaba un beso.

—Me está gustando mucho, ¿eh? Pero, no sé, empieza con algo más siendo tú el malo, que eres el que te vas a ir... —Me empecé a reír, porque siempre me soltaba las pullitas.

—¿Cómo que siendo yo el malo? —le reproché.

—Sí, en las canciones siempre quedas de bueno, o que son las demás las que van detrás de ti, o las que te van a echar de menos. Hazme una en la que te quedes, en la que decidas quedarte porque donde estás es el mejor momento para ti en este instante, porque eres feliz.

—A ver, que difícil, ¿eh? Yo que casi nunca quiero quedarme contigo... —contesté mientras seguía probando.

—No seas tonto. Y, a ver, como no esté a mi gusto, te echo de aquí.

—Pero si es mi casa, cómo me vas a echar.

—Te echo y punto. Es mi ciudad, no lo olvides. —Lo decía bastante seria, así que me tenía que poner las pilas.

CAPÍTULO 18

«Si quieres, me dejo de ir, en cada madrugada, en cada noche rara, en las que me esperas despierta», le canté, y vi que le estaba gustando, pero no se me ocurría nada más. Con esta estructura, di tú la siguiente. Se quedó un rato pensando y me dijo que tocara la melodía. «Si quieres, no nos dejamos para luego, y nos dejamos para ahora, y me haces un sitio en tus huecos». Me estaba sorprendiendo. La había dicho del tirón, y justo cuando iba a parar, me hizo un gesto para que siguiera, y continuó:

«QUE QUIERO SER EL ECO QUE TE ABRACE CUANDO NO, CUANDO NUNCA QUEDA NADIE».

—Joder. Muy bien, Ana. —Ana cantaba muy bien, y también hacía unas letras muy buenas. Por las noches, y en clase, a veces apuntaba cosas, ideas que tenía; escribía pequeñas reflexiones, y la verdad es que se le daba muy bien.

—Ja, ja, ja. Ha quedado bien, ¿verdad? Me salieron solas. Venga, ahora el estribillo. —Estaba emocionada; estaba en ese momento en el que todos los que escribimos sentimos esa adrenalina, por así decirlo, de darnos cuenta de que estamos haciendo algo que nos gusta de verdad.

—Vale, a ver con estos acordes. —Para el estribillo le metí un poco más de fuerza y me salió un: «Y no, no, no», y Ana siguió: «No te alejes de mi lado», y se me quedó mirando, sonriendo con esa sonrisa que hace que me lo crea todo, que lo quiera todo. Y seguí yo: «Y no, no, no, no te alejes de mi lado, me sonríes y me callo, y me quedo aquí tumbado». Me recosté a su lado mientras se lo cantaba.

—Venga, una frase más para el estribillo. —Y volví con el «y no, no, no», y ella lo recogió con «nunca tardamos demasiado, aunque seamos complicados…», y no le salía el final. Se me ocurrió un «y las ganas nos hacen juntarnos». Y me arrimé a ella mientras acababa la canción haciendo el tonto.

—Dios, a ver, vamos a cantarla entera. —Ana había ido apuntando la letra mientras la íbamos improvisando.

—Vale, pero no leo una mierda si me la pones tan lejos.

—Eres un quejica; toca ya.

—Ja, ja, ja. A ver, vamos a ordenarla. Vamos a meter lo de «estás más guapa» al final, después del estribillo. —Hice unos cambios en la hoja y se la di—. A ver así.

Si quieres, me dejo de ir, en cada madrugada, en cada noche rara en las que me esperas despierta.

Si quieres, no nos dejamos para luego, y nos dejamos para ahora, y me haces un sitio en tus huecos.

CAPÍTULO 18

Que quiero ser el eco que te abrace cuando no, cuando nunca queda nadie.

Y no, no, no, no te alejes de mi lado, me sonríes y me callo,
y me quedo aquí tumbado.

Y no, no, no, nunca tardamos demasiado, aunque seamos complicados,
las ganas nos hacen juntarnos.

Y estás más guapa cuando dices que no lo estás, cuando te da todo igual, cuando despiertas a mi lado.
Y estás más guapa cuando dices que no te vas. ¿Que si me voy a quedar? Toda una noche de verano.

La cantamos a dúo, entre risas, y solo podíamos dejar de mirarnos para echarle un vistazo al papel de vez en cuando. La acabamos una vez y la cantamos otra. Supongo que la primera era la mágica, como esa frase de: «El primer beso es mágico; el segundo, íntimo; el tercero, rutina». La primera vez fue mágica y la segunda, intima. La primera fue para cada uno, para vivirla por sí solos, pero la segunda la compartimos, la disfrutamos, fuimos todas las frases de la canción, cada acorde, cada palabra que duraba un poco más.

—NO TE ALEJES DE MI LADO

—le susurré, abrazándola después de dejar la guitarra a un lado.

—YA SABES QUE LAS GANAS NOS HACEN JUNTARNOS.

—Y me devolvió un abrazo que para mí duró semanas.

Nos quisimos mucho durante toda la tarde, intentando no separarnos salvo para hacer cierto el «no, no, no, no te alejes de mi lado». Para que todo el año juntos mereciera la pena. Nos esforzamos más para no olvidarnos, por si mañana ya era demasiado tarde para dar todo lo que todavía teníamos que darnos. Nos daba miedo que se acabara ya el día, la noche, y nos servimos un par de copas de ginebra, que aún tenía ese sabor en la boca. Nos lo estábamos prometiendo todo, pero no sabíamos si íbamos a poderlo cumplir. No voy a mentir: los besos sabían tristes y, aunque por fuera no lo pareciéramos, nosotros, que siempre fuimos de llenarnos, estábamos quedándonos vacíos.

—No me quedo a dormir, odio las despedidas. Y no quiero irme por la mañana y ver cómo te agobias por estar preparando todo y agobiarme yo porque te vas —me dijo Ana sobre la una. Y, la verdad, creo que era lo mejor.

CAPÍTULO 18

—Te pediría que te quedaras a dormir otra noche más, pero no creo que sea lo mejor. Pau va a venir pronto a ayudarme, así que no hay problema. —La tristeza empezaba a salir mientras se empezaba a vestir. Me estaba jodiendo la vida que estuviera sonando *Don´t Go Away*, de Oasis. No sé si el destino quería decirme algo… Igual necesitaba más tiempo para hacer las cosas bien.

—Que no sea la última canción que me escribas —me dijo, levantándome de la cama—.

NO QUIERO QUE ME LO PROMETAS, NO QUIERO QUE ME PROMETAS QUE MAÑANA VAS A ESTAR AHÍ, QUE LA PRÓXIMA CANCIÓN DE AMOR VA A SER LA MÍA, QUE VAS A VOLVER, QUE ME VAS A DEJAR IR, QUE VAMOS A ESTAR JUNTOS. YA TE DIJE QUE NO ME LO PROMETAS, POR FAVOR. SOLO HAZLO. DIJIMOS QUE ÍBAMOS A SER VALIENTES, Y AHORA ES EL MOMENTO DE SERLO. MAÑANA VA A SER EL MOMENTO DE SERLO DE VERDAD

—No pude responder, y ella tampoco quería que lo hiciera.

Nos despedimos sintiendo cada contacto de verdad, con la magia de no saber, pero teniendo claro que no era nuestra última vez, nuestra última despedida. Yo, que soy tan de puertas y ventanas abiertas, no podía creer en el final.

LOS FINALES NO EXISTEN, TODA NUESTRA VIDA SON HISTORIAS A MEDIO TERMINAR, TODO PUEDE VOLVER EN CUALQUIER MOMENTO, Y CADA VEZ LO SENTÍA MÁS.

Ya estaba Pau subiendo por las escaleras para ayudarme a recoger todo e ir al aeropuerto. Tenía más miedo de irme que de volar, y ya era bastante. Tenía un mensaje de Ana:

«Aunque no estés aquí, no te alejes de mi lado».

Le contesté:

«Aunque seamos complicados, las ganas nos hacen juntarnos».

Ya en el avión, antes de que cerraran las puertas, me senté y me puse el cinturón ya de primeras. Menudo año. Ahora, aquí, no lo notaba, pero había madurado, había crecido, reído, llorado. Eso supongo que era vivir, hacer de todo, arriesgarse, ser valiente, perder, ganar, disfrutar de los momentos, intentar pensar solo en el hoy y no tanto en el mañana. Estaba emocionado también por lo que llegaba: los conciertos, la música, el luchar con Ana. Lo difícil cuesta, pero se disfruta más, o eso decían. Tenía tanto en la cabeza que costaba.

Antes de apagar el móvil me llegó un mensaje… de Sofía:

«ESPERO QUE TE ESTÉS ACORDANDO DE VOLVER A CASA…».

No sé si era la más oportuna o la más inoportuna del mundo; no sé si me estaba yendo a casa o yendo de ella. No sabía si me estaba yendo de Ana o volviendo a Sofía. No tenía ni puta idea de nada, pero iba a descubrirlo.

AGRADECIMIENTOS

Gracias a quien compartió conmigo las noches en vela, los sueños, pero sobre todo a quien me hizo superar una y otra vez mis miedos. A la que me dijo que tenía que poner más poesía, a la que se fue, a la que siempre vuelve, a la que siempre va a estar, aunque no lo esté.

Gracias a mis padres por el ser y el estar.

Gracias a mi hermano por ser el único que ha leído esta novela a cada capítulo justo después de terminarlo, por hacerme de guía y de piedra, por decirme que siempre lo haga a mi manera.

Gracias a mi hermana, y a Leo por quererme y cuidarme en la distancia.

Gracias a mis amig@s por ser siempre inspiración y cura, por no saber volver a casa igual que yo, por las conversaciones prestadas.

Y gracias a vosotros por poner vuestras historias en las mías, por identificaros, por buscaros entre estas líneas.

Gracias por seguir con el misterio, por no dejar que se acaben las noches, ni la inspiración.

BLACK Birds

UN REFUGIO ÍNTIMO PARA TU BOLSILLO. LIBROS RRESISTIBLES PARA LEER, GUARDAR Y COMPARTIR

ESTE LIBRO SE TERMINÓ DE IMPRIMIR
EN EL MES DE OCTUBRE DE 2017.